在轮下

[德]赫尔曼·黑塞◎著

张文明◎译

台海出版社

图书在版编目（CIP）数据

在轮下 /（德）赫尔曼·黑塞著；张文明译. -- 北京：台海出版社，2020.7（2022.9重印）

ISBN 978-7-5168-2566-2

Ⅰ. ①在… Ⅱ. ①赫… ②张… Ⅲ. ①长篇小说—德国—现代 Ⅳ. ①I516.45

中国版本图书馆CIP数据核字（2020）第038719号

在轮下

著　　者：〔德〕赫尔曼·黑塞　　译　　者：张文明

出 版 人：蔡　旭　　封面设计：尚上文化·海凝

责任编辑：王　艳

出版发行：台海出版社

地　　址：北京市东城区景山东街 20 号　邮政编码：100009

电　　话：010-64041652（发行，邮购）

传　　真：010-84045799（总编室）

网　　址：www.taimeng.org.cn/thcbs/default.htm

E - mail：thcbs@126.com

经　　销：全国各地新华书店

印　　刷：三河市骏杰印刷有限公司

本书如有破损、缺页、装订错误，请与本社联系调换

开　　本：880mm × 1230mm　　1/32

字　　数：116千字　　印　　张：7.25

版　　次：2020 年 7 月第 1 版　　印　　次：2022 年 9月第 4 次印刷

书　　号：ISBN 978-7-5168-2566-2

定　　价：49.80 元

目录

第一章

约瑟夫·吉本哈特先生是个小商人，有时也做些掮客的买卖，与同乡人相比，没什么过人之处。跟大多数人一样，身子板还算硬朗，做起生意来一套一套的，对金钱有着毫不掩饰的、发自肺腑的痴迷；别的方面嘛，有栋带花园的房子，面积不大，公墓里有块家族的墓地；说起来虽然有点俗套，对教堂也算有着受感化的虔诚，对上帝和权贵怀有敬畏之心，对中产阶级的名望和权威也是极尽谄媚之态。虽不信奉禁酒主义，但他从不过量饮酒；做生意虽有过几次投机之嫌，但他从不逾越法律底线。没他有钱的，被他视为穷鬼，比他有钱的，他又觉得人家在炫富。作为当地商会的成员，每周五他会去鹰歌俱乐部打保龄球。平常他只抽廉价的雪茄，好牌子的会留到饭后和周日的聚会。

骨子里他就是一个彻头彻尾的俗人。性格中感性的一面在很久以前就已经消失殆尽，残存的只有一丝丝的传统“家庭观”，对独子的骄傲，以及想施舍穷人的偶尔冲动。智力方面，他有着与生俱来的狡黠，对数字特别敏锐，但也仅此而已。每天也就读读报，每年会去参加商会组织的戏剧表演，偶尔去看看马戏团。如果把他和任何一个邻居调换下名字和住址，也不会引起什么变化。跟镇上其他所有家长一样，对地位比他高的，他骨子里有着根深蒂固的猜忌；而对比他有天赋、有才能的，他又怀有深深的敌意。

这个人就说到这儿了。如果要细数这个人潜意识里的肤浅和可悲的生活，可能需要一位大师级的讽刺家呢。好在他有一个儿子，而对于他的儿子，倒更值得说道说道。

毫无疑问，汉斯·吉本哈特是个很有天赋的孩子。关于这一点，只需你稍加留意就会发现，在同学们的眼里，他机智敏锐、与众不同。他们的黑林村可不是个常出神童的地方，至今也没有一个人的视野和影响力能飞出那旮旯。只有上帝知道，这孩子是从哪得来这副聪颖的模样和文雅的举止。难道是从他母亲那遗传来的吗？他母亲已过世多年，印象中除了体弱多病、郁郁寡欢，好像也没什么特别的呀。难不成是遗传自他的父亲？这个就没有讨论的必要了。人们一度认为，也许是雷电曾击中过这座古老的村庄，因为在村子八九百年的历史里，虽有过许许多多的壮汉，但从未诞生过一个真正的天才。

要是有个专业的观察员，记录下他那多病的母亲以及家族长寿的历史，也许会推测出，这种智力上的突变增长其实是一种基因退化的早期征兆。但幸运的是，这个小镇还没一个这样专业的人士；只有那些年轻、聪明的公务员和教师曾听说过未经证实的传言，在杂志上读过关于“现代”人的文章。在这个小镇，就算没读过查拉图斯特拉的语录，你也可以装出一副受过教育的样子。小镇的生活在各个方面都有着不可救药的老派；大多数人的婚姻都讲究门当户对，日子过得也很幸福。那些长期衣食无忧的人们，许多都是在过去的二十年里从手工匠跻身成为工厂主，在遇到官员时，向他们脱帽致意，想与之为伍，但背地里，却又戏谑他们是要笔杆子的可怜虫。不过，对于他们的儿子，他们顶多也就期望能通过学业，有朝一日成为一名公务员。不幸的是，这在绝大多数情况下，也无异于白日梦，因为他们的后代往往难以在文法学校顺利毕业，最终还是重蹈父辈的覆辙。

但是，汉斯·吉本哈特的天赋却得到了大家的一致公认。老师、校长、邻居、牧师、同学和其他所有人都深信，汉斯是个天赋异禀的男孩——不同凡响。他的未来之路也已经规划好了，因为在斯瓦比亚，除非父母特别有钱，对于有天赋的男孩，出路只有狭窄的一条：通过全国统考，进入毛尔布隆的神学院学习，然后去图宾根的神学院进修，最后成为牧师或者大学教师。每年，全国大约有四五十名男生有幸踏上这条平稳的晋级之路——身材纤瘦、勤奋好学的他们在获得认可后，在国家的资助下，研修人文类课程，一直到八九年后开始他们更长的人生第二阶段，以回报国家对他们的培育之恩。

全国统考要历时数周，堪称一年一度的举国盛事。那些天资卓越的国之花朵将会被选中，全国各地有数不清的家庭，朝着首都的方向，或叹息、或祈祷，忧心忡忡。

汉斯·吉本哈特是我们这个小镇选派参加这场艰苦角逐的唯一一名选手。这份无上的荣誉绝非儿戏。每天，汉斯下午四点放学，校长会给他再补一堂希腊语课；六点，牧师会给他上拉丁文和宗教课。一周有两个晚上，数学老师会给他补数学课。在希腊语课上，除了要学习不规则动词，还要特别关注句子衔接中的小品词使用情况。拉丁文课上，则重点学习简洁精炼的文体，特别是改进韵律的诸多技巧。数学课的重点是学习异常复杂的解题方法。数学老师坚信，这些解题方法对他将来的学习大有帮助，在培养他冷静、缜密的推理能力方面，是其他任何课目所无法比拟的。

考虑到这种高强度的学习可能会让汉斯的大脑不堪重负，精神上遭受痛苦，每天早晨上学前，他可以获准参加一个小时的教义课。课上机械的教义问答和激励环节给这个年轻的灵魂注入了一缕振奋人心的宗教清风。不幸的是，汉斯忽视了这样鼓舞士气的一个小时所带来的恩泽，在手中的教义手册里，偷偷地藏着一大串希腊和拉丁文词单，将整整一小时的时间都花在了学习这样的俗事上。不过，汉斯的良知还没有完全泯灭，当教会执事朝他走来，甚至喊到了他的名字时，他还做不到泰然自若，全身会不由自主地发起抖来；当他不得不回答问题时，他会手心冒汗，心跳急促。但即便如此，他的回答仍完美无缺，同样完美的是他的发音，这点让执事赞不绝口。

白天一堂接一堂的课上累积的作业，他可以在晚上迟点的时候，伴着煤油灯柔和的灯光，在家完成。在静谧的深夜要伏案静静完成的这些作业，被班主任老师赋予了无比深厚而有益的意义，在周二和周六晚上，通常要做到十点，在其他晚上，甚至要到十一二点。虽然他的父亲对煤油的过度消耗有点抱怨，但即便如此，对儿子的整个学习状态，还是颇为满意的。到了周日，即使这是一周仅有的一天闲暇时光，汉斯也被敦促着在户外读书，或者复习一些语法规则。

“当然啦，凡事都要有个度。偶尔去散个步是有必要的，效果也很好，”老师说，“如果天气不错，你还可以带本书，在大自然中读读。你会发现，这样的学习方式既轻松又惬意。最重要的，是一定要坚持。”

于是，汉斯变得要多努力就有多努力，从那时起，散步也变成了学习时间。经常有人看到他迈着安静而怯懦的步子，一脸倦容，眼窝深陷。

“您觉得吉本哈特这孩子的机会大不大？他会考上的，对吧？”班主任老师有次问校长。

“会的，他肯定会的，”校长开心地答道，“他是个特别聪明的学生。你看看他，简直就是不折不扣的智慧化身。”

考前最后一周，汉斯身上散发出来的备考状态变得越来越醒目了。在他那俊秀、精致的脸上，眼窝深陷、憔悴不堪的眼睛闪烁着微弱的亮光；眉头深锁，额上细细的皱纹仿佛在诉说着苦恼的沉思，两条瘦长、疲惫的胳膊耷拉着，却有种病态的优雅，让人联想起波提切利的一幅人物画像。

时间已经迫在眉睫了。明天上午他就要跟随父亲前往斯图加特，向祖国证明他是否够格走进神学院那扇狭窄的大门。刚刚他去拜访了校长，并向他辞行。

“今天晚上，”向来威严的校长变得一反常态的温和，“你一定不要再想着书本了。答应我。到了斯图加特，你一定要精神饱满。今晚去散一个小时的步，然后马上去睡觉。年轻人一定要睡足才行。”

突然受到如此的关心，而不是惯常的训诫，汉斯感到有些惊讶，走出校门时，他如释重负地长叹了一口气。教堂边山坡上高大的椴树在下晚阳光的照耀下，显得无精打采。集市广场上的喷泉水花四溅，闪闪发光。越过镇上参差不齐的房屋屋顶，可以看见远处被墨绿色的冷杉和云杉覆盖的山峰，巍然矗立。眼前的一切，汉斯觉得好像在很长一段时间里，自己都没有见到过似的，现在看上去却异常的美丽。不错，他的头在隐隐作痛，不过，好在今天他再也不需要学习了。

他徐徐穿过广场，走过古老的市政厅门前通向集市的那条道路，走过刀匠铺，来到了古老的小桥。他百无聊赖，在桥上来回走着，最后，在宽阔的桥栏上坐了下来。几个月以来，他每天经过这里四次，却从未正眼看过桥边的那座哥特式的小教堂、桥下的小河、水闸门、水坝、磨坊，甚至都没看过河中的水草地，柳树成行的河岸，岸边有两家紧挨着的皮革厂，河水又深又绿，恬静如湖，细长的柳枝垂入水中。

他记得曾几何时，在这里，他度过了无数个小时，多少个一天或半天的时光，在这里游泳、潜水、划船和钓鱼。是的，钓鱼！他都不记得钓鱼是什么感觉了，有一年因为考试，父亲不准他钓鱼，他哭得别提有多伤心了。钓鱼！那可是他上学时光中最美好的部分啊。站在平静的河边柳树的庇荫下，不远处的大坝河水倾泻而下；河面波光粼粼，鱼竿微微颤动；有鱼咬钩时，他激动不已，连忙拉竿；当手中握着条冰冷、鲜活的鱼儿，还在不停地扭动，心里别提有多满足了。

难道他没钓起过许多条鲜美的鲫鱼、鲟鱼、白鱼，可口的丁鲷和漂亮的银鱼吗？他长时间地凝视着河面。小河的这片绿色一隅让他陷入了沉思，悲从中来，他意识到，男孩时代的那种自由、狂野的嬉戏时光已经一去不复返了。他从口袋里掏出一大片面包，撕碎，揉成大小不一的面团，漫不经心地扔向河面；面包团慢慢地往下沉，有鱼儿过来撕咬了。先是米诺鱼和河鳟游了过来，吞下了较小的面包团，顶着大一点的面包团转来转去。接着，一条大鲟鱼小心翼翼地游过来，黑色的鱼背几乎与河床混为一色，若有所思地围着面包团打圈，突然张开圆圆的嘴巴，一口吞了下去。河水缓缓流淌，河面上升起了一股温暖的湿气。天空中几朵淡淡的白云倒映在绿色的小河中。磨坊里传来圆锯呜呜的轰鸣，河水从大坝两侧倾泻而下，伴着响亮的咆哮声，汇成一处。汉斯的思绪又飞回到上个周日，他在教义课这样神圣、欢庆的场合上，却发现自己正在重温一个希腊动词的词形变化。他注意到了最近有很多时候，他的大脑杂乱无章；哪怕是在学校，他总是想着刚刚完成的作业或马上要做的作业，却从未在意在那一刻要做的事情。好吧，这也许是备考的完美状态吧！

觉得心烦意乱，他立起身，却没想好要到哪里去。这时，他突然感觉到一只宽厚的大手搭在了他的肩上，不由地吓了一跳，接着耳边响起了一个雄厚、和蔼的声音：“你好，汉斯，陪我散会步，好不好？”

原来是弗莱格，那个鞋匠，以前汉斯每晚都要到他家待上几个小时，但如今，已经好久没跟他联络了。汉斯连忙跟上他，不过，对于这个虔诚教徒说的话，并没有认真在听。

弗莱格说到了这次考试，祝汉斯好运，并讲了些打气的话，但这番话的真正用意是想告诉汉斯，考试仅仅是一件偶然性的外部事件，即使考砸了，也无伤大雅。我们绝大多数人都可能会经历这样的事情，他说，如果这事落在了汉斯头上，那么他一定要记住，上帝对每一个人都有一个宏大的计划，并按照这个计划指引这个人前行。

每次跟弗莱格一起时，汉斯总有种说不清道不明的感觉。他尊敬弗莱格和他那自信、令人钦佩的生活方式，但几乎所有人都以取笑这个虔诚的教徒为乐。很多时候，汉斯虽然觉得这样不好，也随大流地加入了嘲笑者的队伍。另外，他为自己的怯懦而感到羞愧：有段时间，他一直刻意地躲避这个鞋匠，因为他老是问一些尖锐的问题。自打变成老师们眼中的宠儿后，汉斯逐渐变得自负起来，弗莱格师傅看他的眼神也变得怪怪的，有点羞辱可怜他的感觉。所以，渐渐地，汉斯再也听不进这些出于好心的指导了。处在这个年纪，汉斯的少年固执正盛，有着最敏感的触角，把任何不友善的干预都跟自我形象挂起钩来。现在，他走在弗莱格的身边，听着他说话，却没意识到弗莱格一直以来对他的关心和忧虑之情。

在王冠胡同，他们遇到了牧师。鞋匠冷冷地打了个招呼，突然加快了步伐。牧师就是所谓的现代人中的一个。他甚至都不相信有耶稣复活这回事。现在，牧师拉住了汉斯的手。

“感觉怎么样？”他问道，“你应该觉得很开心吧，所有的事情都快要结束了。”

“嗯，是的，我很开心。”

“嗯，照顾好自己。你知道的，我们对你的期望很高。特别是拉丁文，我期待你取得好成绩。”

“可是，万一我考不过呢？”汉斯怯懦地问道。

“考不过？”这位正直的人突然停下了步子，“哪有考不过这回事。完全不可能。你怎么有这种想法！”

“我只是说可能。毕竟……”

“不可能，汉斯。没有这种可能。你连想都不要想。代我向你的父亲问好，加油！”

汉斯看着他走远了。然后他掉转头，看鞋匠去哪了。他刚才说了什么话？拉丁文有那么重要吗！只要你有一颗善良的心，相信上帝就行了。上帝会提供巨大的帮助，现在牧师也是，所有人都是！好了，如果没考上，他估计都没脸再见牧师了。

感到十分沮丧，他回到了家，走进他家的小花园。那里有一个衰败的凉棚，曾经他在下面建了个兔笼，养了三年的兔子。去年秋天，因为考试的缘故，兔子被送走了。根本就没有时间可以供他消遣。

他也有些日子没来花园了。空荡荡的兔笼破损不堪，小小的木头水车已经变了形，掉在了水管边上。他回想起当初他是如何搭起这些东西的，以及之后在这有过的快乐时光。最后一次他在这玩耍已经是两年前了——恍如隔世。他捡起小水车，想把它扳回原样，但水车却彻底散了架，他用力把它扔出墙外。别了，这些小玩意儿——早就该扔了。然后，他突然想起了奥古斯特，他在学校的一个朋友，当初是他帮助一起搭起的水车和兔笼。多少个下午，他们曾在这玩耍，拿着他的弹弓，趴在地上伏击野猫，搭建帐篷，拔生萝卜当晚饭吃。然后，又是学习夺走了他所有的时间。奥古斯特一年前辍学了，做了机修工的学徒；自打那以后，他仅仅来看过汉斯两次。当然了，他的自由时间也比以前少了。

几朵云彩飘浮在空中，投下的阴影在快速地移过山谷。太阳也快落到了山脊线。有那么一瞬间，汉斯有种想扑倒在地、号啕大哭的冲动。不过他并没有这样做，却转身去了杂货间，取了一把短柄斧，挥舞着他那细瘦的双臂，粗暴地将兔笼砸了个稀巴烂。笼子的木板被砍成碎片，伴着嘎吱嘎吱声，铁钉被砸弯，一些去年留下的发霉的兔粮掉落在地上。他猛烈地敲打这一切，好像这样就可以让他不再想念兔子，不再想念奥古斯特，不再想念儿时的所有嬉戏时光。

“嗨，嗨！怎么回事？”他的父亲从一扇开着的窗户那喊道。

“我在劈柴火！”

说完他将斧头随手扔在一边，跑出院子，跑过街道，沿着河堤向上游跑去。出了镇子，在酿酒厂附近，有两排木筏泊在河边。以前在温暖的周日下午，他会解开木筏，在河上漂流几个小时，河流撞击着木筏的空隙，发出哗哗的溅水声，让他欢呼雀跃，而又心生宁静。他跳跃着踏上木筏，在一堆柳枝上躺了下来，想象着木筏已经解开，向下游冲去，在水草丛生的平缓处慢慢滑行，经过岸边的田野、村庄和凉风习习的森林，穿过小桥和水闸，就这样载着他，还有过去所有的快乐时光。那时候，他会跑去卡普佛堡买回兔粮，在皮革厂边上的河岸钓鱼，既不会头痛也没有忧愁。

身心疲惫，他闷闷不乐地回到家吃晚饭了。由于第二天一早就要动身去斯图加特，他父亲显得局促不安，至少问了十几遍书有没有收拾好，那套黑色西装有没有叠整齐，想不想在路上看语法书，现在感觉怎么样。汉斯生硬、冷淡地回应着，只吃了几口，就匆匆跟父亲道晚安了。

“那，晚安，汉斯。一定要睡个好觉。六点我会喊你起床。你没忘记带字典吧，汉斯？”

“是的，我没忘带字典。晚安，父亲。”

在他的房间里，在黑暗中，他坐了好长时间。这场考试带给他的唯一慰藉，就是他可以有一间自己的小房间。在这儿，他才是自己的主宰，不受任何外界的干扰。在这儿，他曾踌躇满志、执拗地与疲惫、困乏和头痛作斗争，长时间地思考恺撒、色诺芬、语法、单词和数学。但在这儿，他也曾体验过为数不多的时刻，比逝去的所有儿时欢乐更珍贵的、梦幻般的时刻，他的内心充满着自豪、陶醉和对胜利的确信，梦想着自己通过考试，跻身于更高的社会阶层。他笃信自己的确与众不同，有一天，自己会高高在上，低头俯视着现在身边的那群肥头大耳、心地质朴的伙伴。此时此刻，他如释重负地呼出一口气，好像在这儿，他呼吸的空气都是自由的、清澈的。他坐在床头，在接下来的几个小时里，脑子里充斥着各种各样的梦想和期冀。慢慢地，他有了倦意，那双深陷的大眼合上了，又睁开了，眨了眨，又合上了。他的脑袋无力地歪向瘦弱的肩膀，细细的胳膊也耷拉下来。他已经精疲力竭了，衣服没脱就睡着了。温柔、如慈母般的睡梦之手抚平了他内心的狂风骤雨，也抚平了他额头的几丝愁纹。

这可真是破天荒了！校长居然起个大早，不辞辛苦地来车站送行。吉本哈特先生穿着身黑色西服，由于激动、高兴和骄傲，感觉站都站不稳了。他踮着脚，拘谨地跟在校长和汉斯的身边，接受站长和车站工作人员对这趟行程和儿子考试的祝福，不时将右手拎着的一个小手提箱换到左手。由于他的右腋下夹着把伞，每次在换手前，他要把伞夹在两膝间，有好几次伞都掉在地上，他不得不把箱子放下，把伞捡起来。他这架势，哪像是带着儿子坐车去趟斯图加特，倒让人觉得是要移民去美国呢。汉斯看上去反而一脸轻松，虽然焦虑让他觉得嗓子一阵阵发紧。

火车缓缓驶入车站，父子俩登上车，校长向他们挥手告别，汉斯的父亲点燃了一支雪茄，渐渐地，小镇和小河消失在了视野之外。这趟旅行，对于他俩都是十分的煎熬。

到达斯图加特后，他的父亲突然变得兴奋、亲切起来，感觉整个人似乎又活过来了一样。也难怪，像他这样一个来自小地方的人，可以在首都逗留几天，别提有多激动了。而汉斯，却变得愈发的害怕和沉默。城市的景象，陌生的面孔，高大奢华的建筑，以及一眼望不到头的单调街道，让他油然而生一种深深的恐惧。街上驶过的马车和嘈杂的人声让他心生怯意。这次他们是住在汉斯的姑姑家里。陌生的住所，热情却又饶舌的姑姑，整日的无所事事，还有父亲对他无休无止的鼓励，将这个男孩彻底压垮了。他待在房间里，茫然不知所措。看着周围陌生的一切，打扮时尚的姑姑，图案大气的墙纸，壁炉台上的钟，墙上挂着的照片，透过窗户，凝视着外面人声鼎沸、熙熙攘攘的街道，他有一种被彻底背叛的感觉。对他而言，他似乎已经离家多年，当初辛辛苦苦学习的一切也已忘得一干二净了。

他原打算下午再最后看一眼希腊语的小品词，但姑姑提议带他出去走一走。有那么短暂的几秒钟，汉斯的脑海里浮现出绿色的水草和起风的森林的画面，于是他欢快地答应了。但是，旋即他就领教到，在城市中散步是种多么截然不同的"快乐"啊。

父亲看望镇上的几个老熟人去了，并没有跟他和姑姑一起去散步。而汉斯的痛苦之旅从一下楼就开始了。在楼下，他们遇到了一位体态丰腴、装扮夸张的妇人，姑姑向她行了屈膝礼，俩人就开始喋喋不休地攀谈起来。这场闲聊超过了十五分钟。汉斯只能站在一边，倚着楼梯扶手，那位妇人牵着的一条哈巴狗则冲他不停地嗅着，嘴里发出低声的吼叫。他隐隐觉得她们的聊天也提到了他，因为那位肥硕的妇人不时地透过长柄眼镜观察着他。终于可以出门了，结果他姑姑马上又走进一家商店，待了好久都没有出来。汉斯羞涩地站在路边，被经过的行人推搡着，还有几个街头少年冲他呵斥着。姑姑出来后，递给他一根巧克力棒，他非常礼貌地表达了感谢，虽然他其实一点都不喜欢吃巧克力。在下一个街角，他们上了一辆马车，挤在人满为患的车厢里，穿过了一条又一条的街道，终于，在一条宽阔的大道前停下了。那里，有一处喷泉正在喷溅水花，整齐的花床百花争艳，一个人造的小池塘里，可以看见金鱼在游动。在这儿，你得随着人群往上走，往下走，往前走，往后退，转着圈儿；你会看到数不清的面孔，有衣着华丽的，有穿戴朴素的，有骑自行车的，有坐轮椅的，有推婴儿车的；你会听见各种叽里咕噜的说话声，吸入燥热、浑浊的空气。终于，你可以紧挨着别人在一条长凳上坐下来。姑姑一直在不停地说话，现在，她深深地呼了口气，慈爱地看着汉斯，叫他吃巧克力。他压根就不想吃呀。

“啊呀，这有什么不好意思的。没关系的，吃吧。”

于是，他从口袋里掏出那根巧克力棒，花了点时间才撕开外面的银色箔纸，最后咬下了非常小的一块。他就是不喜欢吃巧克力，但他不敢告诉姑姑。正在他准备强忍着咽下嘴里的巧克力时，姑姑突然发现了人群中的一个熟人，迅速跑开了。

“你就待在这，我马上就回来……”

汉斯赶紧利用这个机会将巧克力棒扔到了草坪上。然后他坐在长凳上，前后晃悠着两条腿，盯着眼前的人群，百无聊赖。最后，他实在是无事可干，想想还不如背一背不规则动词呢。可让他感到惊恐万分的是，他居然不记得所有的单词了。他已经忘得一干二净了！而明天就要考试了！

这时姑姑回来了，她听说今年有一百一十八名男生会参加考试，录取的只有三十六名。此时此刻，汉斯的心情已经沉到了谷底，在回去的路上一言不发。晚饭他拒绝进食，举止十分怪异，惹得父亲严厉地说了他一通，连姑姑都觉得他不可理喻。那天晚上，他睡得很沉，做着一个接一个的噩梦：他梦见自己和其他一百一十七名考生坐在一间屋子里，监考官一会是老家牧师的模样，一会变成了他的姑姑，不停地在他面前码成堆的巧克力，命令他吃。在他泪流满面吃巧克力的时候，他看见其他考生一个接一个地站起来，离开了。他们都把他们的巧克力堆吃完了，只有他，面前的巧克力堆还在不断增高，好像要把他淹没了一样。

第二天早上，汉斯抿着咖啡，眼光一刻也没有离开过台钟。而此时，在家乡的小镇，他也是许多人想着的对象。鞋匠弗莱格是第一个想到他的人。早饭前，他做起了祷告。一大家子人，包括几个熟练工和两个学徒，在餐桌边围成了一圈，除了平常的晨祷内容外，弗莱格接着说："啊，主啊，请保佑汉斯·吉本哈特吧，他今天正在参加国考。请赐福于他，给予他力量，让他品行正直，立场坚定，让主之荣光得以宣扬。"

牧师虽然并没有亲自做祷告，但在吃早饭时他对他的妻子说："小吉本哈特马上就要开始考试了。有朝一日，他会成为一个地位显赫的人，希望到时候他会记得，我在拉丁文方面给了他指导。"

在第一节课上课前，他的班主任告诉班上的其他同学：“注意了，在斯图加特举行的考试马上就要开始了，让我们一起为吉本哈特送上最美好的祝福吧。当然了，其实他根本用不着的，他可比你们十个懒骨头加起来都还要聪明呢。”于是，班上绝大多数的同学都会想一想远方的汉斯，特别是那些打赌汉斯会不会落选的同学。

哪怕远隔千里，这些发自肺腑的祷告和休戚与共的感受也是很奏效的，所以，汉斯感应到了家乡的人们对他的期盼。他在父亲的陪伴下，忐忑不安地走进了考场，忧心忡忡地听从考官的指令坐下，彷徨四顾，偌大的考场里坐满了男生，感觉自己就像身处刑讯室的一名罪犯。这时，主考教授走进了考场，告诫他们肃静，并开始口述拉丁文测试的文章。汉斯欣慰地发现文章出奇的简单，他快速地记着，以一种近乎欢快的节奏写下了第一稿。然后，他又工整、仔细地抄了一遍，成为第一批交卷的学生之一。在回姑姑家的路上，他有意走错了路，在炎热的街道上溜达了两个小时，但这一点都没有让他感到不安，他又重新觉得泰然自若起来。他很享受可以暂时逃离父亲和姑姑的掌控，漫步于首都陌生而又嘈杂的街道上，让他感觉像个探险家。后来，在迷宫似的街道上他问到了回家的路，刚一进门，一连串的问题就迎面扑来。

“考的怎么样？难不难？有没有不会做的？”

“不能再简单了，”他骄傲地说，“我五年级就可以翻译了。”

那天中午，他吃得特别香。

下午他没有考试，父亲拖着他从一个熟人或亲戚家走到另一家。在其中的一户人家里，他们碰到了一个腼腆的男孩，穿着一身黑，是个来自格平根的考生。两个男孩被大人喊到了一起，有点不好意思，又有点好奇地打量着彼此。

“你觉得拉丁文考试怎么样？”汉斯问，“很简单，对吧？”

“表面如此而已。越容易你就越会犯错，肯定有一些隐藏的陷阱，但是你没有注意到。”

“你是这样认为的吗？”

“当然啦！教授们可不会出这样愚蠢的试卷。”

汉斯大吃一惊，不由地陷入了沉思。过了一会儿，他羞怯地问道：“你还有那篇文章吗？”

男孩掏出本小册子，俩人逐字逐句地把文章过了一遍。这个格平根的考生似乎是拉丁文的专家，因为他至少有两次用了汉斯从未听过的语法术语。

“对了，明天我们考什么？”

“希腊文和德语作文。”

接着，男孩问汉斯他们学校送了多少名考生。

“就我一个。”

“啊？我们有十二个人来自格平根，有三个聪明绝顶的家伙，大家都觉得可以跻身前十。去年的考试第一名也是来自格平根。如果你没考上，你会去读大学预科吗？”

以前从来都没有人跟汉斯讨论过这个问题。

“我，我不知道……不，我想我不会。”

“真的吗？不管怎样，我都会继续读书的，哪怕这次考不上，我妈妈会送我去乌尔姆上学的。”

这次谈话对汉斯产生了巨大的影响。那十二位来自格平根的考生，还有那三个特别聪明的家伙，让他一下子心情沉重起来。他觉得自己胜出的可能性并不大。

回到家后，他坐了下来，又最后看了一遍希腊语动词。他从未担心过拉丁文，一直以来他都认为自己的拉丁文还是不错的。但希腊语就完全不同了。他喜欢希腊语，这点是肯定无疑的，但只有在阅读时，他才对希腊语感兴趣。尤其是色诺芬的文字，读起来是如此的美妙、流畅和清新，娓娓道来，却又充满活力，自由奔放，而且易于理解。可是，一旦涉及语法问题，或者将德语翻译成希腊语，他就感觉进了一个迷宫，到处是自相矛盾的规则和形式，希腊语一下子变得陌生起来，令人生畏，如同他第一次上希腊语课的情形，那时，他连希腊字母表都不知道呢。

第二天考试的希腊文非常冗长，绝不简单。而德语作文的主题又非常具有迷惑性，一不小心就有可能理解错。他的钢笔尖不大好用，在写坏了两张纸后，总算是写了篇像样的希腊文。在德语作文考试中，邻桌的一个考生竟然厚颜无耻地塞过来一张小纸条问他问题，而且不时地捣他的身体，索要答案。与邻桌的任何交流当然都是严格禁止的，一旦违反，就会被逐出考场。吓得全身发抖的汉斯在纸条上写下“别烦我”，然后转过身子，再也不理那个家伙了。当时的天气很热，连在教室里一直转来转去的监考官都几次掏出手帕，来擦脸上的汗。汉斯穿着厚厚的坚挺礼服，汗流浃背，头痛不已，实在是坚持不下去了，只好上交了考卷。他的心情极差，可以断定有一大堆的错误。这场考试，很有可能他已经走到头了。

午餐的时候，他一声不吭，对所有的问题都置之不理，摆出一副问题少年般的臭脸。姑姑见状还想安慰他几句，但父亲已经面露愠色，开始数落起他来了。饭后，他将这个男孩喊进了另一个房间，还想再详细讨论一次这次考试。

“考得很糟。”汉斯坚持说。

“你为什么不更细心点？你本可以调整好心态的，看在上帝的份上！”

汉斯依然默不做声，但是当他的父亲开始咒骂时，他脸憋得通红，说道：“你对希腊语一无所知。”

最糟糕的是下午两点他还有场口语测试，这个要比其他所有的考试加起来还让他畏惧。走在炎热的城市街道上，还没到考场，他已经感觉糟透了。痛苦、恐惧，还有头晕，几乎让他看不清眼前的路了。

在十分钟的时间里，他坐在一张宽大的绿色桌子前，面对着三位先生，翻译了几个拉丁文句子，回答了几个问题。然后又是十分钟，他坐在那里，面对着另外三位先生，翻译了几个希腊语句子，回答了另外一组问题。结束时，他被问到是否知道一种不规则形式的不定过去式，他说不知道。

“现在你可以走了。门在你右手边。”

他起身，但是在开门时他想起了不定过去式，于是停住了。

“走吧，”他们冲他说，“走吧。你是不是觉得不舒服？”

“不是，我突然想起了不定过去式。”

他对着他们大声地说出了答案，看见其中的一位先生突然大笑起来，这让他一下子羞红了脸，赶紧跑出了房间。他试图回忆起所有的问题和他的回答，可脑子却是一片混乱。那张宽大的绿色桌子，那三位穿着大礼服的表情严肃的老先生，放开的书，以及放在书上他那颤抖的手，一遍又一遍地掠过他的脑海。主啊，他当时的回答怎么可以这样不着边际啊！

他走在大街上，觉得自己好像来到这个城市已经很久了，而且再也不能离开了。老家的花园，冷杉覆盖的蓝色山峰，河边的钓鱼据点，竟然有种恍如隔世之感。啊，他要是现在就能回家该有多好！继续留在这已经没有任何意义，他肯定考不过的。

他给自己买了一小块甜面包，在街上溜达了一整个下午，这样就不用去面对父亲了。最终他还是回去了，父亲和姑姑都很焦急，看到他一脸憔悴，郁郁寡欢，就给他喝了碗肉汤，让他上床睡觉了。第二天上午，他还要考数学和宗教，然后，就可以回到老家的小村庄了。

上午的考试非常的顺利。在弄砸了前一天的主课考试后，却在今天发挥得如此出色，汉斯觉得这是一种多么苦涩的讽刺啊。算了，他现在只想着可以回家了。

“考试全都结束了，现在我可以回家了。”他跟姑姑说。

父亲想再待一天，然后开车去康斯塔特，在那的温泉疗养院放松下。但是汉斯苦苦哀求，父亲只好同意让他一个人当天回去。他被送到车站，买好了票，姑姑亲了亲他，与他告别，并给了他一点路上吃的。现在，他瘫坐在火车上，脑子里一片空白，看着窗外徐徐掠过的绿色山丘。只有当看到满是墨绿色冷杉的山峰时，这个男孩的心里才有了一股喜悦和解脱之情。他迫不及待地想看到家里的女佣安娜、他的小房间、校长、熟悉的低矮校舍，以及所有的一切。

幸好，在车站没碰到八卦的熟人，他可以拎着小旅行包，在没人看到他的情况下，一路仓皇回到了家。

“斯图加特好玩吗？”安娜问。

“好玩？考试怎么可能会好玩？不过，回家的感觉真好。父亲明天会回来。”

他喝了碗新鲜的牛奶，扯下挂在窗前的泳裤就跑出了家门，不过，他并没有去其他人去游泳的那片水草地。

他来到镇子外面较远的一处水域，那里的水位较深，河水在两岸高高的灌木丛之间缓缓流淌着。他换上泳裤，先用手试了试水，然后一只脚踏进水里，哆嗦了一会儿后，一头扎进了冰凉的河水中。他在平静的水中向上游慢慢游去，感觉前几日的焦虑和恐惧都已经不复存在了。他加快了游泳的节奏，休憩片刻，再继续游，享受着筋疲力尽带来的那种舒畅和惬意。他仰面躺在水中，任凭自己的身体随波漂流，聆听着水面上成群飞舞的昆虫发出的美妙低鸣，此时，太阳已经落到山后，染成粉色的天空中有几只燕子一掠而过。等他上岸换好衣服，神情恍惚地慢慢往家走时，夜色已经降临了山谷。

在路上，他经过了店老板塞克曼家的花园。很小的时候，他曾和几个朋友一起，在那偷过还未成熟的李子。他经过了基希纳的木材厂，在那成堆的白色冷杉树干下，他曾找到过用作鱼饵的虫子。然后，他经过了督察官盖斯勒家的房子，两年前有次去溜冰，他曾一发不可收拾地迷恋上了他家的女儿艾玛。艾玛是镇上最娇美、时尚的女生，和他同岁，有段时间，他别无所求，只想能够和她说上话，或者拉一拉她的小手，哪怕一次也行。但这些从未得逞过，因为他太腼腆了。现在艾玛上了一所寄宿学校，他都记不清她长什么样了。这些他少年时代的点点滴滴，又浮现在他的脑海里，虽然感觉遥远，但又如此的鲜活，如同誓言一般——与他现在的生活有天壤之别。他记得那时候，他坐在纳什奥德的家门口，看丽丝削土豆，听她讲一些过去的事情；周日一大早，他卷起裤脚，心情忐忑地跑到大坝那寻找小龙虾，或者从别人放的鱼笼中偷米诺鱼，结果当天就被父亲抓住痛打一顿。那时候，他遇到过形形色色的人和荒唐离奇的事，而很长时间里，他都从未想起过。那个歪脖子的鞋匠，以及施特罗迈尔，大家都说他毒死了他的老婆，还有爱冒险的贝克“先生”，他曾拄着根拐杖，背着个帆布包游遍了大江南北，大家之所以称他为“先生”，是因为他以前家境非常殷实，拥有四匹马和一辆马车。这些人，汉斯也就仅仅知道个名字罢了，而这个偏远闭塞的小镇，生活如同一潭死水，没有一件值得体验的事情，也仿佛与他形同陌路了。

因为第二天他仍然不用去上学，所以他一觉睡到自然醒，享受这难得的自在。中午，他去车站接父亲。见面时，父亲还在兴高采烈地絮叨着这次的斯图加特之行。

“只要你考上了，不管你要什么，我都答应你，”他开心地说，“你好好想一想。”

“不，不要，”男孩叹着气，“我肯定考不过。”

“胡说，你怎么了？跟我讲你要什么，趁着我还没改变主意。”

“我想放假的时候可以去钓鱼。”

“没问题，只要你能考上。”

第二天是星期天，雷电交加，下起了倾盆大雨，汉斯待在房间里，一边看书，一边在思考着。他再一次重温了自己在斯图加特的遭遇，又再一次断定他的运气糟透了，他原本可以做得更好的。不管怎么讲，他的表现肯定不足以让他通过考试的。那愚蠢的头痛！渐渐地，他越想越心凉，开始局促不安起来，最终，他忧心忡忡地找他父亲去了。

“父亲……”

“怎么了？”

“我想问问你，关于愿望的。我不想去钓鱼了。”

“你干吗现在又提这件事？”

“因为我……我想问，我能不能……”

“别吞吞吐吐的，瞧你这样子。快说！”

“如果我没考上，我能不能去读大学预科？”

吉本哈特先生一下子怔住了。

“什么？大学预科？”他咆哮道，“上大学预科？谁教你这样想的？”

“没有谁，我只是想……”

他感到绝望了，面如死灰，可是父亲并没有注意到。

“别妄想了，哼，”他气急败坏地大笑道，“真是个奢侈的想法啊。你大概以为我们家是开银行的吧。”

他不容置疑地结束了讨论，汉斯只好作罢，绝望地离开了。

“什么样的孩子啊，”他听见父亲在身后抱怨道，“真是不敢相信，现在想上大学预科了。给你三分颜色，你就……”

足足有半小时，汉斯坐在房间的窗沿上，盯着不久前抛过光的地板在想，如果他不能上大学或预科继续他的学业，他的生活会是什么样子。也许，他会在一家奶酪店当学徒，或者成为一名办公室文员，他的人生，跟那些他所蔑视、想要胜过的穷苦大众相比，也将并无二样。他那俊秀、聪颖的学生面庞扭曲成丑陋的模样，满脸戾气，愁苦不堪。他气急败坏地跳将起来，呸了一口，抓住身边的那本拉丁诗集，用尽全力向墙上扔去。接着，他一头冲进了雨中。

星期一早上，他去上学了。

“一切还好吗？”校长摇着他的手问道，“我原以为你会昨天来见我。考试怎么样？”

汉斯低下了头。

“嗯，怎么了？你没考好吗？”

“我想是的，没考好。”

“耐心点，”老头在安慰他，“今天早上，我们大概就会有斯图加特那边的结果。”

上午漫长得似乎没有尽头。结果并没有来，午餐时，汉斯几乎连一粒米都咽不下，感觉随时都要放声大哭起来。

下午两点，当他走进教室时，老师已经在那了。

“汉斯·吉本哈特！”他大声地喊道。

汉斯走上前去，老师握住了他的手。

“恭喜你！你在国考中排名第二。”

整个教室一下子变得庄重、肃穆起来。这时，门开了，校长走了进来。

“恭喜！嗯，你现在想说什么？”

男孩似乎因为惊讶和喜悦，全身都无法动弹了。

“嗯，难道你没什么要说的吗？”

“早知道这样，”他脱口而出，“我本可以考第一的。”

“嗯，你现在可以回家了，”校长说，“把这个好消息告诉你的父亲。你也不需要再上学了，反正还有八天也要放假了。”

如同做梦一样，男孩出现在街上。他看见了阳光下的椴树和集市，一切都是老样子，但是更美了。天啦，他考上了！而且还考了第二名。当第一波喜悦的潮水渐渐消退，感恩之情从他心底油然而生。现在他可以直视牧师的眼睛了。现在他可以继续学业了。现在他再也不必恐惧杂货店或办公室的苦役生活了。

而且，他又可以去钓鱼了。当他回到家时，看见父亲站在门口。

“怎么样？”他小声地问道。

“也没什么。他们不让我上学了。”

“什么？为什么呀？”

“因为我现在是名大学生了。”

“啊，天啦，你考上啦？”

汉斯点了点头。

“成绩呢？”

“我考了第二名。”

这可超过了老头原来的预期。他都不知道要说什么了，只是不停地拍着儿子的肩膀，一边大笑一边点头。然后他张开嘴好像要说什么，但还是什么都没有说，只是不住地点头。

“天啦，”他不停地大喊道，“天啦。”

汉斯冲进家，一路小跑爬上阁楼的楼梯，拽开壁橱的门，伸着胳膊在里面乱翻一通，拖出几个盒子、一个卷好的滑轮和几根鱼漂。这些是他的钓鱼装备，现在他需要做的就是给自己削一根合适的鱼竿。他下了楼去找他父亲。

“父亲，我可以借用下你的猎刀吗？”

“你要干吗？”

“给自己削根鱼竿。”

父亲把手伸进口袋。“给你，”他满面笑容地说道，“这有两马克，去给你买把自己的刀。记住要去刀匠铺，不要去汉瑞德那。”

现在，所有事情都进展神速。刀匠一边询问他的考试情况，听他讲述好消息，一边给他挑了把特别好的刀。在河的下游，通往布鲁尔的桥下，长着漂亮、纤细的赤杨树和榛树丛。汉斯在那精挑细选一番后，给自己削了根既有韧劲又有弹性的完美鱼竿，拿着它匆匆回家了。

他的脸红扑扑的，眼睛里发着光，坐在那里开心地准备鱼竿；这个过程跟钓鱼一样让他着迷，整整一个下午和晚上，他都醉心其中。鱼线按白棕两色分好，接受他一丝不苟的检查、修复，打结部分被剪掉。鱼浮和大小形状不一的羽根被反复检测、修剪，小铅块被敲成球坠，并开了槽口，以便钓鱼时嵌在线上来保证鱼线的重量。然后，他又忙着装鱼钩了——之前他还剩了一些。他将鱼钩一个个系紧，几个系在尼龙鱼线上，几个系在肠线上，剩下的系在了搓成一股的马鬃线上。直到午夜，一切才收拾妥当。汉斯确信在接下来漫长的七周假期里，绝对不会觉得无聊，因为每天他都可以一个人到河边钓鱼去。

第二章

这才是暑假正确的打开方式！山峦叠翠，碧空如洗，连续几周都是大晴天，偶尔才会下一阵突如其来的暴雨。小河蜿蜒于砂岩峭壁间，穿过峡谷与森林，河水是如此的温暖，哪怕是下晚时分，都可以沐浴其中。整个小镇，随处都闻得到干草和鲜花的香气，几片狭长的庄稼地里，小麦已经变成了黄褐色；小溪两边，野草发了疯似的生长着，肆意绽放的白花引来了成群的小昆虫，聚集在花上，像一把把撑开的伞，草茎可以折断制作成一支长笛。森林边上，长着连绵不绝的毛蕊草；柳絮和紫色的金钱草随风起舞，将整个山坡渲染成了紫色。森林里，云杉树下长着高大的红色毛地黄，紧挨地面的叶子宽阔、粗糙、呈银白色，茎干粗壮，顶端盛开着美丽的红色喇叭花，是那么的庄严而妖艳。毛地黄边上的地上，生长着各种各样的蘑菇：鲜红的毒蝇伞菇，肥厚的普通肉质蘑菇，盘根错节的红色珊瑚蘑菇，还有惨白色、看上去病恹恹的猴头菇。在森林与田野之间的沟壑处，长满了欧石楠，金黄色的花朵尽情怒放，而到了田野的接壤处，则是一片紫红色的花海，此时的田野，杂草丛生，遍地是白带草、剪秋罗、鼠尾草和矢车菊，正静待一年中的第二次翻土。森林里回荡着鸟雀无休无止的啁啾和欢唱；松树林中，棕红色的小松鼠从一棵树上跳到另一棵树上；田埂上、围墙下，还有干涸的沟渠里，绿色的蜥蜴在悠闲地晒太阳，从草地那头，传来了永不知疲倦的声声蝉鸣。

每年的这个时候，小镇呈现出一派如诗如画般的田园风光。随处可见载满干草的马车，空气中弥漫着干草的气息，街道上响起了镰刀的咣当声，要不是那两处工厂，你还误以为置身于一个乡下小村庄了。

假期的第一天一大早，还没等安娜起床，汉斯就已经急不可耐地在厨房里等着喝咖啡了。他帮着生火，从烤炉里拿出面包，往自己的咖啡里倒入新鲜的牛奶，一饮而尽，在口袋里塞了几块面包，一溜烟地出了门。沿着铁路在一处较高的路堤那，他从短裤口袋里掏出一个圆铁罐，忙着抓起了蚱蜢。一辆火车驶过来了，因为这是一处陡坡，所以速度并不快，火车的窗户全开着，车厢里坐着为数不多的乘客，车头上方拖曳着一条长长的蒸汽。汉斯凝视着，直到蒸汽慢慢地消逝在晴空中。他贪婪地呼吸着，似乎想要双倍地弥补所有失去的快乐时光，再次成为一个无忧无虑、放纵不羁的男孩。

等到将铁罐装满了蚱蜢，他提着新鱼竿，走过小桥，穿过北面的花园，来到小河最深的一处马槽形水域时，喜悦和对捕猎的渴望使得他心跳不已。在一棵柳树的下方，有一处绝佳的垂钓地，你可以倚着树身，非常的舒服，而且几乎没有什么干扰。他展开鱼线，把小铅坠嵌在线上，将一只肥硕的蚱蜢残忍地穿上鱼钩，用力一甩鱼竿，鱼线划过一个大圈落在了河中央。众所周知的古老游戏开始了：成群的小米诺鱼围着鱼饵打转，想把它从鱼钩上撕下来。一会儿，鱼饵就被一点一点地蚕食殆尽，然后是第二只蚱蜢，然后是第三只、第四只、第五只。他把蚱蜢穿得越来越仔细，最后又给鱼线加了个铅坠，现在终于有第一条真正的鱼儿试饵了。他稍微拽了下鱼竿，又放松了，然后又拉了拉。现在，鱼儿咬钩了。一个好的钓者是可以通过鱼线和手中的鱼竿感觉到鱼儿上钩的。汉斯娴熟地转了下鱼竿，开始小心翼翼地收竿了。鱼儿被钩个正着，在它露出水面时，汉斯认出了这是条石斑鱼。石斑鱼是很好辨认的，有着肥大的浅黄色鱼肚，三角形的鱼头，最主要的，是那漂亮、多肉的粉色腹鳍。这条大概有多重？但是，还没等他来得及细想，鱼儿拼命地一蹦，啪的一声摔在水面上，逃走了。你仍然可以看见它在水中转了三四圈，然后像一道银色的光潜入深水，消失得无影无踪。终究，还不是一次成功的咬钩啊。

现在，汉斯已经完全陶醉在捕猎带给他的兴奋和刺激之中了。他的眼睛一刻也没有离开过没入水中的那条细细的棕线；他的脸颊泛红，他的动作短促、敏捷和笃定。第二条石斑鱼咬钩了，被钓上了岸，接着是一条小得可怜的鲫鱼；然后，又连续钓上三条白杨鱼。白杨鱼让他感到特别的开心，因为父亲爱吃。这种鱼肉多，鳞小，头大，长着奇怪的白须，小眼和细尾。鱼身褐灰相间，上了岸后，又逐渐变成青色。

这时候，太阳已经升得老高了。上游水坝处的泡沫在阳光的照耀下亮如白雪，温暖的水气在水面上缭绕，如果你抬头仰望，可以看到空中有几片巴掌大的云朵，白得刺眼。越来越热了。要想展现仲夏之日的炎热，没有什么比得上浮在蓝天与地面中间的几朵静止的白云更直接了，白得如此的炫目，令人根本无法长时间地直视。要不是这些白云，你是不会意识到天有多热的。蔚蓝的天空不会，晶莹的河面也不会，但是，一旦你看见那几朵紧密、白如泡沫的正午浮云，你就会突然感觉太阳火辣辣的，只想寻一处阴凉处，擦掉额头的汗珠。

汉斯发现自己的注意力在一点一点地溜走。他觉得有点累了，况且，大中午的能钓起什么的可能性也微乎其微。哪怕是最大的白鲑，在这个点也浮出水面，晒一晒日光浴。它们聚成黑压压的一大群，贴近水面，悠闲地往上游游去，偶尔又莫名其妙地突然惊散开来。在这段时间里，它们是不会咬钩的。

他将鱼线搭在一根没入水中的柳枝上，坐下来，凝视着面前绿色的河水。鱼儿慢慢地都浮上来了，一个接一个的黑色鱼背露出了水面，像被炙热的阳光施了魔法般，静悄悄、慢吞吞地游着。不用说，他们是有多自在啊！汉斯蹭掉了脚上的胶鞋，两条腿在温暖的水中荡悠。他探头望了望身边的水桶，钓上来的鱼儿在里面游着，不时发出“扑通”的水花声。真漂亮啊它们！只要一动，鱼鳞和鱼鳍就会发出白的、棕的、绿的、银的、黄的、青的各色光，绚丽夺目。

周围静悄悄的。几乎听不见马车压过小桥的辘辘声，也听不见水车溅起的水花声。只有那从大坝倾泻而下的河水，在流过木筏时不停地冲刷所发出的让人昏昏欲睡的水声。

在这个让人发困的炎热中午，希腊文、拉丁文、语法、文体和数学，过去漫长、焦虑、忙碌的一年里充满痛苦的所有枯燥的学习经历，都已经悄悄地消逝不见了。汉斯感觉到了一丝丝头痛，但不是往常的那种。他注视着泡沫在大坝处被击成四溅的水花，又瞥了眼鱼线和身边装鱼的水桶。一切是那么的妙不可言！时不时地，他想到了自己考上了，还拿了第二名。于是，他抬起两只光脚，拍打着水面，两只手插进裤子口袋，开始吹口哨。说实在的，他吹得不咋地，这在很长一段时间里是他的一个痛点，因为这，他成了众多同学的一个笑柄。他只能从牙齿缝里轻轻地吹，但这也就够了，况且，现在也没人能够听到。同学们都还在学校上地理课呢。

只有他是自由自在的。他已经超越了他们，将他们抛在了身后。因为他只跟奥古斯特做朋友，而且从来都不认同他们那些粗鲁的游戏，他们也经常刁难他。哼，现在，这些白痴，这些猪头，都见鬼去吧。他是如此地讨厌他们，以至于停止了吹口哨，只为了咧着嘴，做出鄙夷的表情。然后，他拉起了鱼线，不由地笑了，因为钩子上哪还有一丝鱼饵的影子。他把剩下的蚱蜢放了，看着它们哆嗦着爬进矮矮的草丛。附近的皮革厂，工人们正在吃午饭；他也该回去吃饭了。

吃饭时几乎没人说话。

“钓到什么了吗？”父亲问。

“五条鱼。”

“真的吗？一定要记住，不要钓大鱼，不然以后就没有小鱼了。”

谈话就此结束了。外面太热了。刚吃完饭是不能去游泳的，这可真是滑稽。为什么不能呀？因为对身体不好。胡说八道！汉斯知道压根不是这回事。虽然不让游，但他其实干过好多次。但现在，他不能这样干了，他不是小孩子了，不能这样胡闹。在考试时，他甚至被称为“先生”呢。

再说了，在花园的云杉树下躺上一个小时，也不是什么坏事。树底下很阴凉，你可以读本书，或者看看蝴蝶。于是，他在那一直躺到下午两点，几乎快要睡着了。不过，现在可是要去游泳呀！河边的草地上，只有几个小男孩，大一点的都还在学校呢，关于这点汉斯一点都不羡慕他们。他慢慢地脱掉衣服，滑进水中。他知道怎样可以保持自己的身体既不太热又不太冷。他在河里游一阵子，扎猛子，打水花，然后趴在河堤上，脸朝下晒日光浴。小男孩们不敢靠近他，确实，他现在是个大名人了，而且，他看上去也跟其他人格格不入。纤细、晒黑的脖子上，长着一张英俊的脸庞，神情睿智而自负。身材嘛，可以说是瘦骨嶙峋，四肢细长，躯体柔弱，前后两面都能数得清肋骨。

一下午的时间，他一会儿晒日光浴，一会儿在游泳，乐此不疲。大概四点的时候，他看见大多数同学打闹着跑过来了。

“喂，吉本哈特，日子过得很快活啊。”

他惬意地伸了伸懒腰，“还好，还好。”

“你什么时候上大学去啊？”

“要到九月。在那之前我都在放假。”

他才不管他们的嫉妒呢。就算听见了他们小声地拿他开玩笑，他也丝毫不介意。有人拖着声音念了首打油诗：

“我多想要变成她，
舒泽家的大姑娘，
整天没事躺床上，
可惜我并不是她。”

他只是笑了笑。这时候，男孩们也都脱了衣服。其中的一个直接跳进了水里；其他人，有的小心翼翼地先适应下凉爽的河水，有的干脆直接躺在草地上休息。有个正要临阵退缩的男孩，被人从后面一把推进水里。他们在水中互相追逐、奔跑、游泳，向岸边晒日光浴的同学身上泼水。水花声、尖叫声此起彼伏，映入眼帘的尽是男孩子们白皙、光亮的身体。

汉斯在那又待了一个小时。现在，下午的炎热已逐渐消退，鱼儿咬钩的时候又临近了。回家吃晚饭前，他一直站在桥上钓鱼，不过几无所获。的确有鱼过来咬钩，每隔几秒钟，鱼饵就被吃掉了，但每次鱼都成功地避开了倒钩。他在鱼钩上挂的是樱桃，但很显然，樱桃太大又太软，他只好作罢，打算过一会再来试试。

吃晚饭的时候，他听说许多亲戚都顺道过来向他表示祝贺。他还上了当地的周报。在醒目的“官方声明”标题下，写着这样的一段话：

“今年本镇报考神学院的候选人仅有一名，汉斯·吉本哈特。刚刚我们很荣幸地获悉，汉斯·吉本哈特通过了这次国考，并且获得第二名的佳绩。”

他将报纸叠好，塞进裤子的后兜里，虽然他啥也没说，但其实内心的自豪和喜悦早已按捺不住了。然后，他又回去钓鱼了。这次，他拿了几块奶酪，因为鱼喜欢吃，而且浮在浑浊的河水中，也更容易被鱼发现。

不过，他忘了带鱼竿了，只带了鱼线。他更喜欢这样钓鱼，不要鱼竿和鱼浮，只用鱼线和鱼钩。这样可能会更费力，但也更好玩。你对鱼饵的移动拥有完全的掌控权，可以感知每一次的触碰和轻咬，通过鱼线的颤动，你可以掌握鱼的动向，好像它就在你的眼前一样。当然了，这样子钓鱼，你要有两把刷子才行，你得手指灵活，并且机警得像个间谍。

暮色早早地降临到这条蜿蜒于河谷中的小河上。桥下的河水静静流淌着，下游的一家磨坊已经亮起了灯。远处的小桥和窄窄的街道上，传来大声的说话声和唱歌声。天气有点闷热而潮湿，河中有条黑色的鱼，每隔几秒钟就跃出水面，弄出“哗”的水声。在这样的夜晚，鱼儿显得很躁动——他们在水中乱窜，跳出水面，撞击鱼线，像无头苍蝇一样冲向鱼饵。待到最后一块奶酪耗尽，汉斯已经钓到了四条小鲫鱼。他打算第二天早上给牧师送过去。

从山谷那边吹过来一阵暖风。虽然天空还是灰白色，但黑夜正在迅速降临。整个小镇，只有教堂和城堡的屋顶伸进灰白的天空，黑色的轮廓仍依稀可见。在很远的某处，似乎下起了雷阵雨——你能听见间或的沉闷轰隆声。

当汉斯十点钟上床睡觉时，他觉得身心疲惫，但这种疲惫是愉悦的，很长时间里他都没有体验过了。一连串美丽、自由的夏日在向他招手，从容不迫而又充满诱惑，他可以游泳、钓鱼、做白日梦，就这样地虚度光阴。只有一件事情让他很恼火：他在考试中没有拿到第一名。

第二天一大早，汉斯就站在牧师的家门口，来送鲫鱼。牧师从书房里走出来。

“啊，吉本哈特，早上好。恭喜你啊！你拿的是什么？”

“我昨天钓的几条鱼。”

“啊呀，真有心！谢谢你，快进来。”

汉斯走进熟悉的书房。其实，这看上去不像一个牧师的房间，既没有盆栽的泥土气息，也没有烟草的味道。这是一个超大的图书馆，映入眼帘的尽是崭新的、散发清香的镀金书背，而不是普通牧师书房里陈旧、皱巴、虫蚀或发霉的书籍。如果你靠近审视下，从那一排排摆放有序的书籍标题就可以察觉，书房的主人有别于受人尊敬的老一代学者，是有种现代精神的。普通牧师书房里那些备受推崇的书籍，如默里克在《古老的风信鸡》一书中视若至宝的赞美诗集，在这里都看不到，或者湮没在浩瀚的现代著作中。总的来说，诵经台、宽大的书桌和摆放期刊的支架，给这个房间披上了一层厚重的学术氛围。你能感觉到书房的主人在这里完成了许多本著作，而事实也的确如此。当然，牧师并没有花太多精力在布道、教义问答和《圣经》上，反而专注于给学术期刊投文章，或者筹备自己的专著。虚无的神秘主义，基于预兆的渴望，还有“心之神学”——为了迎合善良富足之人的饥渴灵魂而逾越了科学的鸿沟，在这里是没有一席之地的，反而是对《圣经》的批判和对基督教历史的狂热研究得到了青睐。

有生以来第一次，汉斯可以坐在诵经台和窗户之间的小皮沙发上。牧师显得出奇的友好，他以一种志同道合的口吻跟汉斯讲述了神学院以及在那的生活和学习的情况。

“你在那儿最重要的新体验就是对《新约全书》的希腊版本介绍，”他最后说道，“这将会为你打开一个全新的世界，使你的学习和生活更加的丰富多彩。首先你会发现语言很难理解，因为它不是你所熟知的希腊语，而是一种全新文体，风格是不一样的。”

汉斯专注地听着，自豪地感觉到自己离真正的科学更近了。

“对这个崭新世界的学术介绍，”牧师继续说，“肯定会撕掉它的魔幻外衣。学习希伯来语，对你来说一开始也是很难的。如果你愿意，我们可以在假期就开始学一点入门的知识。这样等你到了神学院，你会很高兴可以有时间和精力来做其他的事情。我们可以一起先学习几章《路加福音》，这样你就可以自然而然地学会这门语言。我可以借你本字典，你每天顶多花一两个小时，不要超过两小时，因为，不管怎么说，首先要保证你能享受这应得的休闲时光。当然了，这仅仅是个建议，我最不想做的就是毁掉你的假期。”

汉斯当然同意这个提议。虽然于他而言，路加福音课就像假日蔚蓝天空中的一小朵阴云，他还是羞于说不。而且，在假期里以那种方式去学习一门新语言，也更像一种消遣。再说了，他对在神学院要学习的那么多新东西，特别是希伯来语，还是有点焦虑的。

所以，当他离开牧师家，走在两边种满落叶松，通往树林的路上时，并没觉得不开心。之前的些许疑虑已经散去，他越思考这个提议，越觉得可以接受。因为他意识到，如果要想在神学院打败他的新同学，他必须更具野心。说实在的，他为什么想要超过他们？他其实并不知道自己的想法。这三年来，他一直受到了特别的关注。老师们、牧师、父亲，尤其是校长，不停地敦促和激励他，不让他有片刻的喘息之机。这些年来，每一年他都是班上第一，渐渐地，成为第一，没有对手变成了他的骄傲。至少，他对国考的愚蠢恐惧已不复存在了。

当然了，度假仍是这个世界上最美好的事情。清晨的森林里，一个人都没有，他漫步其中，感觉到出奇的美丽。一排排的落叶松，形成了一个带青绿色拱顶的广阔长廊。地面上，几乎看不到灌木丛，只有几处山莓和夹杂着越橘与石楠的苔藓地。晨露已经蒸发，挺拔的树干之间，凝聚了一团湿雾，呈现出一片森林早晨的特有景象。温暖的阳光、薄雾、苔藓与树脂的气息、冷杉松针和蘑菇交织在一起，如同一支温柔的麻醉剂，轻轻触动着你的各种感官。汉斯奔向苔藓地，将慷慨的越橘采摘干净，聆听着此起彼伏的啄木鸟敲击树干的“笃笃”声，还有布谷鸟幽怨的歌声。透过乌黑的云杉树冠，可以看见蔚蓝的天空一尘不染，远处，成千上万株挺拔的大树连绵不绝，汇成一面肃穆的褐色树墙。从树叶的空隙间，漏下点点的乳黄色阳光，暖洋洋的，随意散落在苔藓地上。

汉斯原本打算要逛好远，至少要逛到路策勒农庄，或者那片长满番红花的草地。现在，他却斜躺在苔藓地上，吃着越橘，漫无目的地凝望天空。他开始在想为什么感觉这么乏力，以前，就算走上三四个小时也不算个事呀。他决定振作起来，继续之前计划好的远足。他走了大概有几百步，然后又躺倒在苔藓地上——他也不知道这是咋回事，但是他就躺在那，心不在焉，眼光游离于树干、树冠和绿草地之间。他不明白，为什么这林间的空气会让他如此的昏昏欲睡。

中午时分，他回到家，又觉得头痛起来，眼睛也觉得很难受——之前在林间小路散步时，阳光太刺眼了。他心情沮丧地在家门口坐了半个下午，只有去游泳时，才感觉又活了过来。然后，是去见牧师的时候了。

鞋匠弗莱格正倚窗坐在一张三条腿的凳子上，看见他走过，便喊住了他。

“你这是要到哪去啊，孩子？有日子没看到你了。”

“我要去牧师家。”

“还要去啊？考试不是结束了吗？”

“是结束了，我们现在是在学别的，《新约全书》。是用希腊语写的，但是跟我之前学的希腊语完全不同。所以现在我要学习。”

鞋匠将帽子推到脑后，眉头深锁，一脸诧异，然后叹了一口气。

“汉斯，”他轻声说道，“我想跟你说个事。因为你要考试，所以我一直没跟你说，但现在，我必须要提醒你。你要知道，牧师是不相信上帝的，他肯定会跟你讲，《圣经》是骗人的。一旦你跟他学习了《新约全书》，你会在不知不觉当中失去信仰的。”

“但是，弗莱格师傅，我只是想学希腊语而已。等我进了神学院，还是要学习的呀。”

“那只是你的想法。但是由谁来教你《圣经》，是虔诚、有良知的老师，还是一个不信上帝的人，那可完全是两码子事啊。”

“是的。不过他是否相信上帝，这事，其实没人真的知道，对吗？”

“噢，不，汉斯。不幸的是我们都知道。”

“那我该怎么办呢？我去找他，这都说好了的呀。”

“那你还是要去的。但是，如果他说《圣经》是虚构的，并非受上帝的旨意之类的话，你要过来找我，我们好好谈一谈，行吗？”

“好的，弗莱格师傅，但是我觉得事情一定不会那么糟的。”

“走着瞧吧，记住我刚刚说的。”

牧师还没回家，汉斯只好在书房里等他。看着那些镀成金色的书名，他不禁想起了鞋匠说的话。之前有好几回他也听到过关于牧师和现代神学的议论。但现在，他第一次觉得自己也牵扯其中，并且关注起这些事情来。不过，跟鞋匠相比，他一点儿都不觉得这事有多重要和可怕。相反的，他认为这是一个机会，可以进一步了解这个古老、神圣的未解之谜。记得刚上学那会儿，他曾想过上帝是从哪来的，人死之后灵魂会到哪去，以及魔鬼和地狱是啥样的，并且有过各种各样荒诞的推测。但后来随着学业日益繁重，这些兴趣也逐渐消退，只有偶尔跟鞋匠聊天时，鞋匠对基督教的真切情感才能唤醒他内心的那种正统、不加质询的宗教信仰。想到自己竟然将鞋匠与牧师做比较时，他的脸上露出了一丝笑容。他无法理解在如此漫长的难熬岁月里，弗莱格是怎样坚守信仰的。如果他有学识，他也还是一个乏味、片面的人，因传播福音而受到众人的讥笑。在虔诚教徒的聚会上，他以一副严厉兄长的面孔示人，作为一个令人敬畏的《圣经》倡导者，他也在附近的村庄组织过鼓舞人心的聚会，但除此之外，他只是个别无长处的普通手艺人。而牧师，不仅是位聪明、雄辩的传教士，还是位勤勉、严谨的学者。嗯，学者，汉斯满怀敬畏地凝视着一排排的书籍。

没一会儿牧师就回来了，他脱下外套，换了件黑色的居家上衣，将希腊语版的《路加福音》递给汉斯，叫他读一遍。这和之前的拉丁文课很不一样，他们读了几句便停下来，逐字逐字翻译成德语，然后牧师以一种别开生面又令人信服的方式从这看似枯燥的句子中挖掘出这种语言所特有的寓意，并探讨这本书是何时、在何种情况下所著。只用了一个小时，他就传授给了汉斯一种全新的学习和阅读方法。汉斯学会了如何去捕捉字里行间的隐藏谜团，领教了自古以来，成千上万的学者和专家如何不遗余力地探索这些问题，而且于他而言，在这一个小时里，他似乎也跻身成为这样的真理追寻者之一了。

临走时，牧师借给了他一本字典和语法书，那天晚上，他继续学习到深夜。现在他开始明白，需要翻越多少座书山才能一窥科学的真容，而他也已经准备好了，纵使一路披荆斩棘，也绝不另辟蹊径。此时此刻，鞋匠弗莱格也早已被他抛到九霄云外了。

接下来的几天里，他完全沉浸在这种全新的启示之中。每晚他都去牧师家，而每天，他想要成为一名真正学者的愿望也愈发变得更美妙、困难而有意义。每天上午，他早早地去钓鱼；每天下午，他要么去游泳，要么待在家里。他的雄心，因考试带来的大悲大喜而一度消退，如今亦重新苏醒，绝不允许他再次退缩。与此同时，他的脑海里又有了那种奇特的感觉，这种感觉在过去的几个月里一直在他的脑海萦绕，确切地说，不是一种痛苦感，而是一种狂躁不安的能量迸发出的急促、喜悦的悸动，一种按捺不住、勇往直前的渴望。当然，随后而来的是一种头痛的感觉，但是，只要这种狂热的状态还在，他的阅读和学习就会以光速前进，哪怕是色诺芬最晦涩难懂的句子，他读起来也气定神闲，毫不费劲。要知道，以前他至少要花上十五分钟的时间呢。他几乎不再需要字典了，遇到最难懂的篇章，也会快速而愉悦地一扫而过，并且具有独到的理解。这种高级别的学习和对知识的饥渴，给他带来了一种强烈的自负感，好像学校、老师和多年的学习已经被他远远甩在了身后，好像他已经可以单枪匹马，朝着知识和名望的殿堂前行了。

所有的这些想法不停地萦绕于他的脑际，让他睡不安生，做着许多奇特又真切的梦。于是，当他因为丝丝头痛在深夜醒来，再也无法入眠时，他想到了自己如今已经遥遥领先于他的同学，校长和老师们对他倍加推崇甚至是羡慕，全身充满了一股全力以赴的冲动和难以言表的骄傲。

校长对于自己亲手点燃了这个孩子心中的野心，并一直指引和监督他的学业成长，有着一种发自肺腑的成就感。要说校长们都是没心没肺、迂腐刻板、不近人情的书呆子，那是不公平的。不，绝不是这样的。当一个他一直寄予厚望的孩子的天赋突然间迸发，当这个男孩放下了他的木剑、弹弓、弓弩和其他所有的玩具，当他开始奋发图强，当深奥的学习将这块璞玉打磨成一位知书达理、谨言慎行、近乎禁欲的苦行僧，当他的脸上闪耀着睿智、深邃和坚毅的神情时——作为老师，内心是既高兴又骄傲的。老师的义务和责任是去掌控这样的原生能量和欲望，并将之替换成更冷静、更温和的理想。那些幸福的市民和可靠的公务员，要不是学校的教育，指不定会变成一群桀骜不驯、脾气暴躁的所谓发明家，做着不切合实际的白日梦呢。年轻人嘛，有着狂野难管、未曾教化的一面，先要将其驯服，就像一束危险的火焰，如果不加以控制，就会引发灾难。人天生就是不可预测、难以捉摸、十分危险的，如同从未知山谷奔腾而下的急流，一开始，它并没有一个明确的方向，只是在丛林间横冲直撞，而且，跟丛林一样，它需要得到净化，不能任由它胡乱成长。因此，学校的任务就是强行制服和教化人，使他成为社会中有用的一员，点燃并培养他身上的一些品质，引导他到达胜利的彼岸。

小吉本哈特这一路走来，表现得多出色啊！他放弃了所有的游戏时间，几乎自发地约束自己的一言一行，再也不会在课上发出愚蠢的大笑，甚至在老师的劝说下，不再做园艺，不再养兔子，不再去钓鱼了。

在一个美好的晚上，校长亲自来到了吉本哈特家。跟那位受宠若惊的父亲寒暄了几分钟后，他走进汉斯的房间，只看见男孩坐在那，面前摆着《路德福音》。他像个朋友一样打了声招呼。

“不错啊，吉本哈特，已经开始学习啦！你怎么没来看我啊？我可每天都在等着你呢。”

“我早就想去了，”汉斯解释道，“但我想至少要给您带一条像样的鱼吧。”

“鱼？什么样的鱼啊？”

“就是条鲫鱼之类的。”

“哦，我明白了。你现在又钓鱼啦。”

“嗯，偶尔钓钓。父亲允许的。”

“哦，钓鱼开心吗？”

“嗯，当然了。”

“好，非常好。你绝对配得上一个长假。你大概也没想过学习的事了吧。”

“怎么会呢，我当然有啦。”

校长深吸了几口气，摸了摸下巴上稀疏的胡须，坐在了一把椅子上。

“嗯，汉斯，”他说，“这样讲吧。我们都知道，在考试中取得好成绩后，一个人往往会突然松懈下来。但在神学院，你将要面对好几门全新的课程，而总有一些学生会利用假期提前做准备——特别是那些在考试中成绩不太理想的。这些学生会趁着别人躺在桂冠上不思进取时，突然发力实现超车的。”

他又叹了一口气。

“你在这儿一直学得很轻松，但在神学院，你将会面临十分残酷的竞争。你的同学个个都天资卓越，勤奋好学，你不可能很容易地就超过他们的。你知道我说的意思，对吧？”

“嗯，我知道。”

“现在，我觉得你可以在假期里提前学一点，当然了，适量地学习。一天花个一两个小时就可以了。如果你一点都不学，你肯定会丧失动力，之后要花很长时间才能回到正轨。你觉得呢？”

“我准备好了，老师。不知道您能不能……”

“很好。除了希伯来语，荷马将会为你打开一个全新的世界。如果你现在打好基础，到了神学院，再读荷马的文章，至少会带给你两倍的愉悦和理解。荷马的文字是一种古老的爱奥尼亚方言，还有荷马诗歌，是非常特别的，独一无二。如果你想真正理解这些，需要刻苦钻研，精益求精啊。”

当然了，汉斯也很乐意进入这个新世界，他发誓会竭尽全力。

但是，这还不是重点。校长清了清嗓子，亲切地说道：

“坦率地说，如果你愿意一天花几个小时在数学上，我也会非常开心的。你数学不差，但也一直说不上是你的强项。在神学院，你将会开始学习代数和几何，所以，你最好也提前学点基础。”

“好的，老师。”

“我一直是很欢迎你来找我的，这点你是知道的。能让你变得更优秀，那是我的荣誉。但是数学课，你得问一下你的父亲，因为你要到教授那上私教课。一个星期可能需要上三到四次。”

“好的，老师。”

不管汉斯对数学课有多用心，他感觉不到任何喜悦。毕竟，在闷热的下午，坐在教授的书房里，列举a+b和a–b，是很乏味的。他变得愈发的疲倦，喉咙干燥，小虫子嗡嗡乱飞，可惜不能去游泳啊。空气中弥漫着一种麻木、近乎压抑的气氛，让人感觉到无法安慰的绝望。汉斯对数学真的是不来电。但即便如此，他对数学也不是一窍不通。有时候，他会找到一个正确甚至是巧妙的解题方法，对此也颇感开心。他喜欢数学的特点，不存在欺诈，不容忍错误，绝无顾左右而言他的可能。这也是他喜欢拉丁文的理由：清晰明了，毫不含糊，杜绝了几乎所有的歧义。但即使他做对了所有的数学计算，他也毫无成就感。数学课于他而言，就如同游荡在一条平坦的高速路上——你一直在前进，每天都学到了昨天所不知的新东西，但你绝不会到达一处高地，突然间看到了一处新的风光。

跟校长在一起的时间要更有乐趣，虽然牧师可以从《新约全书》变味的希腊语中讲出些引人入胜、意义非凡的东西，而校长对鲜活的荷马语言则剖析乏力，但在经历最初的困难后，最后是荷马给予了你不可抗拒的惊喜和快乐。汉斯经常面对一个深奥的响音节动词，急不可耐地查阅字典，结果发现了蕴含其中的优美。

现在，他要做太多的作业，经常僵硬地趴在书桌上，一直到深夜。老吉本哈特对于这一切感到很骄傲。跟许多没什么文化的人一样，他那笨拙的大脑想当然地信奉这个荒谬的念头：子女是生命的延续，要一代更比一代强。

到了假期的最后一周，校长和牧师又突然关心起汉斯来。他们叫这个男孩去散步，不再上课了，并且强调在进入他的人生新阶段前，保持活力和神清气爽是多么的重要。

汉斯又去钓了好几次鱼。他经常感到头痛，因为根本没法集中注意力，他只是坐在河边，看着映出淡蓝色秋日天空的河面。他都记不起当初为什么如此地期待暑假，现在假期要结束了，他反而觉得很开心，因为他可以动身去神学院，开始他全新的学习和生活之旅了。钓鱼对他来说已经不重要了，再说他也没钓到几条鱼。父亲对此还开他的玩笑，他就干脆不钓了，把渔具收进箱子里，放进了阁楼。

假期马上就要结束了，他想起来他已经很久没搭理鞋匠弗莱格了。哪怕是现在，他还是要逼着自己才能去见他。那是一个晚上，鞋匠坐在堂屋的窗边，双膝上各坐着一个小孩。窗户虽然开着，但满屋子还是弥漫着皮革和鞋油的气味。感到有点难为情，汉斯伸出一只手，搭在了鞋匠那布满老茧的宽阔掌心。

“嗯，怎么样？”鞋匠问，“你有没有花时间跟牧师在一起啊？”

“嗯，我每天都去，学到了许多东西。”

“哦，学了啥？”

“主要是希腊语，还有一些其他东西。”

“你是腾不出时间来见我吗？”

“我想来的，弗莱格先生，但总是有这样那样的事耽搁了。每天我要在牧师家待一个小时，在校长家待两个小时，一个星期还要去数学教授家四趟。”

“在假期里？真是荒唐！”

“我也不知道。老师们觉得这样做是最好的。再说了，学习对我来说也不算是难事。”

“也许吧，”弗莱格扶住了男孩的胳膊说道，“学习是没有错，但是，看看你这细胳膊，你真的要增点体重了。你还头痛吗？”

“有时候。”

“真是荒唐，汉斯，有罪哦。像你这样的年纪，就应该多点时间去玩、去锻炼，要好好休息。你觉得放假是为了什么？绝对不是为了待在房间里学习啊。你看你瘦得皮包骨的。”

汉斯笑了起来。

“唉，你会挺过去的，但过度了就是过度了。你跟牧师的课上得怎么样？他讲什么了？”

“他讲了好多东西，都挺好的。他知道的可真多啊。”

“他有没有说过关于《圣经》的什么坏话？”

“没有，一次都没。”

“这就好。我跟你说：宁可十倍地伤害自己的身体，也不要伤害自己的信仰。你想以后成为一名牧师，那可是一个珍贵而又艰巨的职位。也许你挺合适的，总有一天你会成为一名灵魂的救赎者和导师。我真心地渴望如此，并为此而祷告。”

鞋匠站起身，双手坚定地搭在男孩的肩膀上。

“保重，汉斯，保持一颗善心。愿上帝保佑你并与你同在，阿门。”

鞋匠祷告时一脸的庄严，以及这样正式、书面的言语却让男孩感到不安和汗颜，牧师在告别时从未说过这样的话。

最后的几天过得飞快，汉斯一直忙着收拾东西，跟所有人告别。一个装满了被絮、衣服和书籍的大箱子已经提前运走了。现在只剩下一个随身携带的箱子需要收拾了，而等这个也妥当了，在一个凉爽的早晨，父子俩动身前往毛尔布隆。离开自己的家乡，从父亲的房子里搬走，去往一个陌生的学校，对汉斯来说，还是有些奇怪，伴着淡淡的忧伤。

第三章

毛尔布隆这座偌大的西斯特修道院坐落在小城西北边，周围青山环绕，绿水如镜。宏伟坚固、保存良好的古老建筑给人一种威严之感——里外都很壮观。几个世纪以来，修道院与周围美丽、宁静、绿色的环境融为一体，相得益彰。

如果你想造访修道院，首先要穿过高高的院墙上的那扇庄严气派的大门，来到一个开阔静谧的广场。广场中央有一处喷泉，院墙内侧，古老的大树肃穆而立。在两边，建着一排排石砌的坚固房屋，而在正前方，坐落着主教堂，建有宏大的罗马风格门廊，看上去美轮美奂，举世无双，有着“天国乐园”之称。教堂威严的屋顶上，可以看到一个小得出奇的塔楼，又细又尖，让人怀疑它究竟能否承受得住钟的重量。教堂两侧的耳堂本身也是工艺精湛之作，被视若珍宝的礼拜堂就在其中。

精雕细琢的圆形拱顶修道士餐厅，祷告室，会客室，休闲餐厅，院长室与两个教堂紧挨在一起，形成了一处建筑群。如诗如画的墙壁、弓形的窗户、花园、磨坊和生活区如同端庄的花环，点缀着这些坚固的古老建筑。开阔的广场宁静而空旷，四周的树木在广场上投下斑斑点点的阴影。只有在正午到下午一点之间，才能看到一丝短暂的生命气息。那是一群年轻人走出了修道院，逗留在这处开阔地，奔跑、打闹、嬉戏、欢笑，也许还踢一会球，到了一点钟，就又走进墙后，消失得无影无踪。站在这个广场上，很多人都会不由地感叹，这是一处生活和幸福的绝佳场所，充满着活力和恩泽，成熟、善良的人们可以在这里修身养性，创造出优美、欢乐的文字。

这座宏伟的修道院，隐身于崇山峻岭之间，一直以来只对新教神学院的学生开放，以确保这些年轻的可造之材置身于一种美丽安宁的氛围中，远离家乡与家庭的干扰，和一切世俗生活的毒害。唯有如此，他们才能坚信，他们生活的唯一目标是学习希伯来语、希腊语等各种科目，将自己内心的躁动打磨成纯洁、完美的学术欢愉。此外，寄宿学校的生活还有一个很重要的动机，就是对自我规范的强制规定和融入集体的归属感。而对于神学院学生免收学费和食宿费的这一恩赐则顺理成章地给他们烙上了不可磨灭的印记，只要你见过他们一面，就很难忘记他们的神情。这是一种非常微妙的给他们贴上标签的手段。除了为数不多的几个不受管教的学生外，你可以很容易地分辨出一位毛尔布隆的学生，这样的特质甚至会伴随他的一生。

那些在母亲的陪伴下来到神学院的男孩们可能会回想起在家的甜蜜时光和温情时刻，但汉斯·吉本哈特显然不是这类人。没有母亲的陪伴于他而言，压根就不是个事，相反的，他倒可以在一旁好奇地看着这一众母亲。

沿着宽阔的走廊，是两排嵌入的密室，也就是他们的宿舍，堆放着许多箱子和篮子，东西的主人和他们的父母正忙着拆包，将杂七杂八的东西摆放整齐。每个人都按照标号分进了一个寝室，在学习区也有个带号码的书架。男孩们和他们的父母正跪在地上收拾，宿管则像个国王在他们中间走动，随意地发布着指令。外套被摊开，衬衫被叠好，书籍上了架，鞋子也摆放整齐。大多数男孩子带来的东西都大体相同，因为所需的基本生活用品和衣物都提前定好了。刻有名字的锡盆被拿出，放在了盥洗区；旁边放着海绵块、肥皂盒、梳子和牙刷。

每个男孩子还带了一盏灯、一听煤油和一套书桌用品。

男孩们忙着收拾，显得很兴奋。父亲们面带微笑，试着搭把手，不时地瞥了眼怀表，事实上已经觉得很无聊了，只想找个什么借口开溜。母亲们则全身心地投入眼前的忙碌中，她们一件一件地把外套和内衣从箱子里拿出来，将皱褶抹平，齐缝叠好，在决定好最有效的存储方案后，将所有物件分门别类地摆放在壁橱里。在这期间，她们还苦口婆心地叮嘱告诫着自己的儿子。

“你要格外注意下你的衬衫，一件要三块五呢。”

“你每隔四周要把换洗的衣服寄回家。如果要得急，就用邮政包裹寄。这顶黑帽子只有礼拜天才可以戴。”

一个体态丰腴的妇人蹲坐在一个高箱子上，教她的儿子如何缝纽扣。

“要是你想家了，”另一个妇人说道，“你就写信。记住，很快就要到圣诞节了。”

一个看上去还挺年轻、颇有几分姿色的妇人最后看了眼自己儿子那塞得满满的壁橱，抬起一只手，充满爱意地抚摸着那成堆的床单、夹克和短裤。然后，她转身想要抚摸自己的儿子，那是一个阔肩圆脸的男孩，好像觉得很难为情，想要挡开他的母亲。他略显尴尬地笑了笑，为了不显得伤感，将双手插在口袋里。跟儿子比起来，这位母亲似乎更在乎这样的临别交流。

而对面的男生们似乎情况刚好相反。他们一言不发地怔在那里，绝望地看着忙碌的母亲，似乎想要立刻逃回家去一样。但是，对分离的恐惧和内心的孤立无助虽如翻江倒海，却又要无奈地抗衡在人前的腼腆，以及有生以来第一次要装出目空一切、豪情万丈的勇气。许多男孩其实眼泪都已经快要夺眶而出了，却拙劣地做出一副满不在乎的模样，假装这一切根本就不算什么。把这一切看在眼中的母亲们，也只是笑了笑，一句话没说。

大多数男孩除了那些必需的用品，还带了一些奢侈的物件，比如说一大袋苹果、一大截烟熏香肠、一大篮子烘焙食品，许多人还带了一双溜冰鞋。有一个瘦瘦的、看上去有点狡诈的男孩吸引了所有人的注意力，他竟然毫不掩饰地从箱子里拿出来一整条烟熏火腿。

其实很容易分辨出哪些男孩是第一次离开家庭，哪些是以前上过寄宿学校的。但即使是后者，脸上也露着既兴奋又紧张的神情。

吉本哈特先生帮儿子打开行李，将东西合理地摆放好。由于比其他父亲结束的都早，他无所事事地站在汉斯身边好一会儿，觉得很无聊。眼光所到之处，都是父亲们在不停地告诫、母亲们在宽慰、儿子们一脸茫然地在聆听，他觉得自己是不是最好在汉斯开始新的生活历程之际，也说几句金玉良言。他思考了很长时间，一言不发，有点尴尬地在儿子身边踱着步，突然，他开口了，说出了一连串价值连城、发自肺腑的陈词滥调，把汉斯听得惊愕万分，哑口无言。这时，他看见旁边的一位执事听到了父亲的话语，脸上露出了被逗乐的笑容，不由地满面羞惭，将父亲拉到了一边。

“听明白了吗？你现在是我们全家人的骄傲，你会听老师的话，知不知道？”

“肯定会啦。”

父亲不说话了，宽慰地叹了一口气。现在他觉得无聊极了，而汉斯也开始茫然若失起来。他心情复杂地看着窗外楼下那宁静的古老回廊，肃穆而威严，跟楼上的喧嚣形成了奇特的对比。然后，他又怯懦地瞥了眼身边的同学，没有一个他是认识的。他在斯图加特遇到的伙伴似乎都没通过考试，包括那个来自格平根的拉丁文学得很好的家伙。至少汉斯没在这一片看到他。胡乱地猜测一通后，汉斯开始打量起身边的同学来。从穿着上来看，来自不同阶层的人数大体相似，而且很容易区分开哪些是来自农村，哪些来自城市，哪些是来自有钱人家，哪些来自贫穷家庭。当然了，真正有钱人家的孩子是很少会来到神学院的，他们的养尊处优，他们父母的高深智慧，以及他们与生俱来的天赋，你也只有通过猜测才能得窥一二了。不过，也有一些教授和高层官员，回想起自己当初在修道院的日子，把自己的儿子送到了毛尔布隆。所以，在这四十几个身着黑色外套的男孩子中，你可以从他们衣着的质地和做工看出许多不同的。而更让他们显得不同的是他们的礼仪、方言和举止。来自黑森林的孩子个头瘦长，步态笨拙；来自阿尔布河的小伙子趾高气扬；来自平原的孩子头发浅黄、嘴巴宽大、身手敏捷、为人随和；来自斯图加特市的孩子衣着光鲜，穿着尖头皮鞋，操着变质——其实是过度优雅——的口音。这群被选中的孩子中，近乎五分之一的人都戴着眼镜。其中有一个来自斯图加特，他的妈妈身材苗条，形态优雅，他戴着一顶质地很硬的帽子，举止十分的彬彬有礼；却完全没意识到，他那非同寻常的端正得体已经埋下了祸根，让自己日后成为那些胆大妄为的同学嘲讽、欺凌的对象。

如果你是一个目光极其敏锐的旁观者，你会轻易地察觉，这一小群羞怯的孩子其实就是这个国家青年人的一个缩影。从这些极其相似的面孔上，远远地你就可以感受到那股真切的勤奋，这些孩子外表或柔弱、或强壮，光洁的额头上无一不透着对上流生活的懵懂幻想。也许在他们当中，会有一个聪明而固执的斯瓦比亚男孩，终将跻身于上流阶层，将他那注定枯燥而狭隘的个人想法变成一个全新的主流社会的焦点。因为斯瓦比亚不仅盛产博学的神学家，而且有着孕育哲学思想的传统美名，历史上出现过好几位声名显赫的先知，更不用提那些假先知了。而且这块人才辈出的土地，因其伟大的政治传统源远流长，仍然可以通过宗教和哲学对世界产生影响。那里的人们，普遍都对文体和诗歌有着古老的品位，时不时地会冒出一两位一流的诗人和散文家。

在毛尔布隆神学院，从外部习俗和装饰上是找不到特别斯瓦比亚式的印记的。相反的，除了那些自修道院诞生时就有的拉丁名称，也能看见一些新古典意味的称号。学生的房间贴上了诸如论道广场、赫拉斯、雅典、斯巴达、阿克罗波利斯这样的标签，而最后的一个最小的房间被称为日耳曼尼亚，似乎是想表达一种心声，要在可能的情况下将日耳曼帝国转变成一个希腊罗马式的乌托邦。但这样的命名，充其量也只是一种装饰——如果改用希伯来名称，在学术上来说，也是恰如其分的。就概率而言，叫作雅典的寝室也并未分给最善于表达、崇尚自由的男生，而是给了一群忠厚老实的书呆子；斯巴达里并没有住着勇士或苦行者，而是几个走读的逍遥派。汉斯·吉本哈特和其他九名学生则住在了赫拉斯。

跟之前期待的完全不同，当汉斯第一次跟其他九个人走进这间凉爽、空旷的寝室，躺在狭窄的床上时，一种莫名的奇怪感觉涌上了他的心头。天花板上悬着一盏硕大的煤油灯，洒下红晕的光线。九点四十五分，宿管过来将灯熄灭了。现在他们躺在那，床挨着床，每两张床之间，摆着一条放衣服的凳子。顺着一根横梁，有一根绳子，用来拉响晨起的铃铛。两三个在家乡就认识的男孩在窃窃私语，但说了一会儿就停下了。其他人都还比较陌生，鸦雀无声地躺在床上，略带忧伤。那些已经入睡的发出了沉重的呼吸，还有人突然动了下胳膊，被套发出窸窣的响声。汉斯久久不能入睡，倾听着身边的呼吸声，过了一会儿，他听见跟他隔了两张床的地方传来了奇怪的声响。有人把头蒙在被子里在哭，汉斯有种很奇怪的感觉，好像这样的抽泣声来自很遥远的地方。虽然他很怀念自己那安静的小房间，但他并不想家。对于这样一个未知、全新的环境，还有这些新伙伴，他只是有那么一丝丝的顾忌。还未到午夜时分，大厅里的每个人都已经睡着了。这些年轻人并排躺在床上，脸蛋埋进条纹枕头里：悲伤固执也好，随和羞怯也罢，全都进入了甜甜的梦乡。越过尖尖的古老屋顶、钟楼、弓形窗户、角楼、围墙和哥特式拱廊，天空中挂着半轮惨白的月亮，月光落在飞檐和窗栏上，洒满哥特式窗户和罗马式门道，泻入回廊喷泉的水面，发出浅金色的粼光。几缕浅黄色的月光透过三扇窗户，照进赫拉斯的睡眠区，笼罩着这群熟睡的男孩，就如同它曾经陪伴过几代修道士的美梦一样。

第二天，在祈祷室，神学院以一种庄严的仪式接纳了这些男孩。老师们穿着双排扣长礼服，校长发表了一次演说，学生们全神贯注地坐在椅子上，偶尔瞟了眼坐在后排的父母。母亲们看着自己的儿子，面露怜爱的微笑；父亲们坐得笔直，聆听着演说，脸色严肃而坚定。他们的内心充满着骄傲和对未来的期许，没有一个人觉得这一天他们是出于金钱的考虑将自己的孩子给卖了。仪式结束时，学生们一个接一个地被叫到名字，走上台去，跟校长握手，自此便正式成为神学院的一员。与此同时，他们得到承诺，只要品行端正，在接下来的日子里，将由国家来照料他们并承担他们的食宿。没有一个男孩子以及他们的父亲，会想过这一切也许并非真的免费。

接下来更严肃和感人的时刻是他们要和父母告别了。家长们一个个的离开了——有的是步行，有的乘马车，或者其他任何一种在匆忙中能安排的交通方式。九月温和的天气里，手帕在空中不停地挥舞，直到最终，森林吞没了最后一批离别者，男孩们带着些许的忧伤，回到了修道院。

“好了，家长都已经走了。”宿管说道。

现在，他们开始彼此打探，变得熟识起来。当然了，一开始是住在同一间宿舍的。墨水瓶里装满了墨水，煤油灯里倒上了煤油，书本和笔记本也摊开了。他们都想在这个新环境里表现得自然些，在此期间，他们好奇地打量彼此，开始攀谈起来，询问他们从哪来，在哪上的学，不停地诉说那场他们曾并肩作战过的考试。几张桌子之间形成了一个小团体，又展开了一些新的话题；房间里时不时地响起几声男孩式的大笑，到了晚上，室友之间的熟悉程度已经超过了一次长途旅行中结识的旅客了。

在赫拉斯，汉斯有四个室友给人的印象异常深刻；其他人的情况则大体上差不多。这四个人，第一个名叫奥托·哈特纳，是位斯图加特教授的儿子，天资卓越，冷静自信，举止优雅，身材高大匀称，衣着讲究，坚定果敢的个性让所有室友钦佩有加。第二个是卡尔·哈默，阿尔布河一个小村庄的镇长儿子。这个人的性格有矛盾的一面，要了解他得花上点时间。他几乎极少会背离他那镇定自若的处世态度，但偶尔，他也会突然变得热情洋溢、活泼好动，过了一会儿，又蜷缩着爬回自己的保护壳，不知道是出于谨慎，还是对一切漠不关心。

另一个异乎寻常但并不复杂的人是赫尔曼·海尔涅，来自黑森林的一个家境不错的男孩。在第一天，大家就感觉他是一位诗人和美学家，而且有传言在之前的德语考试中，他是用六步格写作文的。他讲起话来滔滔不绝、绘声绘色；他有一把不错的小提琴，心无城府：就是一个既多愁善感又鲁莽冲动的年轻人。但他的性格也有不为人知的一面，较之同龄人，他身心都算早熟，在只属于他一个人的世界里不断地寻求突破。

但是在赫拉斯，最异于常人的当属埃米尔·卢修斯，一个深藏不露、面容苍白、头发浅黄的小家伙，却又如同一个老农民般的不屈不挠、勤勤恳恳、清心寡欲。虽然长得瘦小、稚嫩，但他并没有给人感觉是一个小男孩，倒有点老气横秋的味道，好像各方面都已成型，再无分毫改变的可能了。就在头一天，当其他人无所事事，彼此闲聊时，卢修斯却静静地坐着，饶有兴致地看一本语法书，他用拇指塞住耳朵，潜心学习，好像他有多年没碰过书本一样。

这个狡猾、寡言的家伙的把戏在一段时间里都没人察觉，但最终他那自私小气的真实面目昭然若揭时，大家对他天衣无缝的狡诈行径感到由衷的佩服，或者至少是认可的。他设计出了一整套巧妙的占小便宜的手段，一般人只要得窥一二，就感到瞠目结舌，叹为观止。第一个把戏发生在每天早上，卢修斯总是第一个或最后一个走进盥洗室，这样就可以用别人的香皂或毛巾，或者两个都用，自己的就节省下来了。用这样的手段，他自己的毛巾就可以用两到三个星期的时间。但是，学生的毛巾每个星期必须要换洗一次，每周一，宿管长会亲自监管这一过程。因此，卢修斯在周一的早上会在自己的挂钩上挂一条干净的毛巾，到了中午就取下来，叠放整齐，放回自己的壁橱，把之前用过的毛巾挂在了挂钩上。他的香皂是一种质地特别硬的牌子，每次几乎不可能用很多，所以，一块可以用好几个月。但卢修斯看上去并不邋遢，他总是打扮得干净利落，头发梳得整齐，分得仔细，对床铺和衣服的收拾也堪称典范。

男孩们早上洗漱完毕后，就去吃早餐，有一杯咖啡、一块糖和一个面包卷。对于大多数人而言，这可说不上丰盛，因为在睡了八个小时后，年轻人的胃口一般都是很好的。卢修斯却觉得很满足，每天把那块糖省下来，而且总能找到买家：两块糖换一分钱，一扎信纸两毛五。另外，他喜欢借着室友的灯光来看书，这样就可以节约自己那份不菲的煤油损耗。他这样做其实并非家境不好，相反的，他家还比较富裕。其实，出自寒门的孩子往往不懂得如何合理利用资源，只知道有多少就用多少，不懂得取巧之道。

而且，卢修斯的投机理念并不仅仅局限于有形的公共资源和个人用品；在学习方面，他也是尽可能地寻求好处。他太聪明了，从不会忘记学习知识的价值只是相对的。所以，对于那些勤奋学习就能在未来的考试中取得好成绩的科目，他倾注了所有的精力，而对于其他的科目，有个中不溜的成绩他就心满意足了。不管他学什么，取得了怎样的成绩，他都会拿来跟班上的同学作比较；如果可以的话，他甚至希望只需要学习一半的知识就可以成为班上的第一，而不是学习翻倍的知识，却只能排第二。因此，你会常常看到他在晚上专心地学习，哪怕旁边的室友都在嬉戏打闹，他都不为所动，偶尔瞥向他们的眼光毫无羡慕之意，反而有几分开心，因为如果其他所有人都跟他一样刻苦的话，他的努力就没有什么意义了。

没有一个人因为这些小伎俩就针对这位狡猾的小伙伴。但就像所有贪得无厌的人一样，没过多久他就自己闹了个笑话。因为神学院的所有课程都是免费的，卢修斯突然灵机一动，想要利用这个好处来上小提琴课。他以前并没有接受过这方面的训练，也谈不上有这方面的天赋，甚至他压根都不喜欢音乐！他有此想法仅仅是因为他觉得，学习小提琴的原理跟学算术或拉丁文差不多。他听人说音乐兴许对将来的事业有帮助，而且可以让你更受欢迎，再说了，这又没什么损失，因为神学院甚至会提供一把练习用的小提琴。

当卢修斯走进来请求上小提琴课时，教音乐的哈斯先生差一点没爆粗口。因为他太了解卢修斯在声乐课上的表现了，当时他让全班的同学都忍不住捧腹大笑，而带给老师的，是一种近乎绝望的感觉。哈斯先生尝试着说服卢修斯打消这个念头，但他显然不是那种能轻易被说服的主儿。他脸上露出谦逊的微笑，援引了他的权利，并声明了他对音乐无法抗拒的热情。最终，卢修斯领到了最差的一把练习用的小提琴，每周上两次课，每天练习半个小时。但是，他也只在寝室里练习了一次，他的室友们就告诉他这是最后一次，并且勒令他永远不要在他们面前拉扯那要人命的琴弦。从那天起，卢修斯就带着小提琴，绕着修道院不知疲倦地寻找一处僻静的角落来练习，那吱吱呜呜的怪叫声让每一个附近的人都不寒而栗。诗人海尔涅说，这把饱受摧残的破小提琴是从它身上的每一个虫洞里发出求饶的尖叫声。因为卢修斯的表现毫无起色，老师几乎要抓狂了，对他也是冷嘲热讽，导致了卢修斯练琴时愈发的狂躁，那张自诩不凡的小脸上开始露出沮丧的表情。这实在是太悲催了：在老师宣布他完全不适合拉小提琴，并拒绝再给他上课之后，这个疯狂的学生转而选择了钢琴课，又花了痛苦难熬的几个月时间，最终心力交瘁，默默地放弃了与乐器之间的抗争。但是，在之后的年月里，当聊到音乐的话题时，他还会小声地提醒大家，曾经有那么一段时间，他学过小提琴和钢琴，不过由于一些他难以掌控的情况，不得不与这样美丽的艺术分道扬镳了。

赫拉斯常常会上演这样滑稽的闹剧。而海尔涅这位美学家，也是很多可笑场景的始作俑者。卡尔·哈默则是一个插科打诨的冷眼旁观者，他比其他人要大一岁——这给予了他一定的优势。但室友也不是真的尊敬他。他喜怒无常，几乎每个星期都要挑起场争斗来展示他的武力，十分的野蛮甚至是残暴。

汉斯·吉本哈特诧异地目睹着这一切，然后安静地做着自己的事情，扮演着一个循规蹈矩、单调乏味的同伴角色。他学习也很勤奋，程度几乎和卢修斯一样，这让他赢得了所有室友的尊敬，但海尔涅除外，这家伙给自己制作了一面小旗，声称是一位“无忧无虑的天才”，偶尔会取笑汉斯是个书呆子。这些迅速成长的男孩子总体上相处还算融洽，虽然每晚在宿舍的打闹偶尔会失控。每个人都渴望成熟，配得上老师对他们那不同寻常的“先生”称谓，如果他们在课上举止规范，有学者的严谨性，就能得到这样的荣耀。回想起以前在文法学校的生活，就如同大学生看待高中生涯一样，他们也满是不屑之情。但是，在尊严的表象下，未经人事的男孩子气偶尔还会爆发，宣告它的权利。在那时候，宿舍里则充斥着追逐的喧嚣和稚气的诅咒声。

对于这样一个机构的老师而言，观察这样的一群男生在一起住了几周之后，如何形成志同道合的小团体，该是一种多么具有启发性和有趣的体验啊。就好比一朵朵浮云、一片片雪花，消散之后，再重新聚成一个个坚固的形态。在战胜最初的腼腆，彼此间变得熟识之后，他们开始了寻找和融入之旅；一个个小团体形成了，友谊和憎恶也变得泾渭分明。曾是校友的或来自同一地区的男孩几乎不再打交道。绝大多数人都在寻觅新的人际关系——城里的找乡下的，山区的找平原的——都心照不宣地期盼改变和完整。年轻的人儿四处探索，举棋不定，想要找到最适合自己的，趋同的意识里生长出了求异的渴望，有些情况下，平生第一次唤醒了孩提时代昏睡的个性成长的萌芽。一些难以描绘的细微场景蕴含着好感或戒备，进而发展成友谊的纽带或直白、固执的敌意，最终演变成象征亲密关系的结伴而行，或者摔跤和拳击之类的打斗。

汉斯没有主动参与过上述的任何一种活动，卡尔·哈默曾十分直白和猛烈地向他抛出了友谊的橄榄枝——汉斯对此感到惊愕，选择了退缩。于是，哈默立即和一个住在斯巴达的男孩成了朋友。汉斯仍然独自一人。一股强大的渴望让友谊的疆土就在眼前闪耀着诱人的光彩，静悄悄地拖曳着他，但他的腼腆让他畏缩不前。建立一种亲密关系的天赋早就在他失去母亲的童年时代枯萎了，感情的任何表达都让他心生畏惧，更别提他那幼稚的自尊和同样重要的冷酷野心。不像卢修斯，他是真的对知识感兴趣，但有一点他又像极了卢修斯，那就是对妨碍他学习的一切事情，他都会设法划清界限。

所以，他停泊在他的书桌旁，目睹友谊带给其他人的快乐而心生妒意，日渐憔悴。卡尔·哈默不是那个对的人，但如果换作其他的一个人，想要接近他，不懈地寻求赢得他的友谊，他也许会很开心地做出回应。就像一株含羞草，他待在角落里，等着有人能找到他，一个比他勇敢和强大的人，将他强行拉走，逼着他快乐。

因为他们的功课，特别是希伯来语，十分的繁重，前几周一晃就过去了。毛尔布隆地区数不清的湖泊水面上，倒映着深秋的天空，以及岸边的白蜡树、桦树和橡树，到了晚上，水面上仍流连有柔和的暮光。瑟瑟的秋风卷过美丽的森林，干枯的树叶从树枝上纷纷飘落，地面也已经结了好几回薄霜了。

诗人赫尔曼·海尔涅一直徒劳地找寻一位意气相投的朋友，现在每天在空闲的时间里，他独自一人在森林里徜徉。他似乎特别钟爱一处荒凉的褐色池塘，池塘周围芦苇丛生，水面上方是凸出的萧条树冠。这块寂寥而又美丽的森林小池塘似乎特别契合他那浪漫的气质。在这里，他拿着根小树枝，心不在焉地在水面上画着圈圈，一边读着雷瑙的《芦苇歌》，一边倚着岸边的芦苇，思考着秋天的死亡主题和生命的稍纵即逝，飘零的树叶和从光秃的树身刮过的呜咽风声又平添了几分哀思。他屡次掏出一个黑色的小笔记本，在上面写下了一两行诗句。

十月下旬的一个阴沉的下午，他如往常一样在那冥思时，汉斯·吉本哈特碰巧也一个人来到了这里。他看见这位初出茅庐的诗人坐在通往水闸门的狭窄木板道上，裤兜里装着笔记本，身边搁着一本翻开的书，嘴里含着一只削尖的铅笔，一脸的忧郁。汉斯缓步走上前去。

“你好，海尔涅。你在这干吗呀？”

“读荷马呢。你呢，吉本哈特，你干吗呀？”

“你觉得我不知道你在干吗？”

“啊？”

“你在写诗，对吧！”

“你是这样想的吗？”

“当然啦。”

“来，坐下。”

吉本哈特挨着海尔涅坐了下来，双腿在水面上荡悠，看着一两片褐色的树叶在静谧的水面上打着转，最终一动不动地停在了淡褐色的水面上。

“这儿真凄凉啊。”汉斯脱口而出。

“嗯，是啊。”

两个人都仰面躺了下来。眼光所及之处，只有几株斜伸的稀疏树冠、浅蓝色的天空和几片飘浮不定的云层。

“云儿真美啊！”汉斯凝视着天空说道。

“是啊，吉本哈特，”海尔涅叹了一口气，“我们要是云儿就好了。”

“怎么啦？”

“这样我们就可以到处游荡，越过森林、村庄，四海为家，就像艘美丽的轮船一样。你见过轮船吗？”

“没有，海尔涅，你呢？”

“我见过啊。天啊，你只知道学习，不停地学习，又怎么会明白这些呢！”

“那你觉得我是个书呆子？”

“我没这样说。”

“我没像你想的那样傻。不过没事，你跟我说说轮船的事。”

海尔涅翻了个身趴下来，差一点没掉进水里。现在，他两只手支着下巴，看着汉斯。

“我见过轮船，”他说，“那是一次在莱茵河度假的时候。我记得是一个礼拜天，船上有音乐会，到了晚上，彩灯高挂，灯光倒映在水中，轮船在音乐声中顺流而下。每个人都在畅饮莱茵酒，姑娘们穿着白色礼服。”

汉斯默默地听着，闭上了眼睛，他似乎看见了那艘船，在夜色中伴着音乐和红色的灯光航行着，姑娘们都穿着白色礼服。

海尔涅继续说：“唉，那里完全是另一个世界。这里有人知道那里的事情吗？尽是些无趣的懦夫，就知道不停地学，拼命地学，根本就不知道这世上还有比希伯来字母表更重要的事。你也一样。”

汉斯还是一言不发。这个叫“海尔涅”的家伙绝对是个怪人。一个浪漫主义者，一个诗人。每个人都看得出，他压根就不怎么学习，但知道的却也不少，他知道怎么给出满意的回答，但同时却又厌恶学习。

“我们在读荷马，”他继续嘲讽道，“好像《奥德赛》是本食谱。两节诗要花一个小时，一个字一个字地细嚼慢咽，反复翻炒，直到你想要呕吐为止。结果教授来了这么一句：‘注意啊，诗人用这个短语的手法多么巧妙！这就是诗歌生命力的奥秘所在！’其实无非就是给不定过去式和小品词涂上点糖衣，这样你理解时就不会被噎死。我觉得这样的荷马没有一点用处。再说了，这种古希腊的玩意儿对我们到底有什么用？我们哪怕想要有那么一点点希腊人的样子，都会觉得汗颜的。我们的宿舍居然叫赫拉斯！真是天大的笑话！还不如干脆叫废纸篓、猴子笼或者苦力店呢！这些古典的美名全都是骗人的。”

他用力地呸了一口。

“刚才你是在写诗吗？”汉斯问。

“是的。”

“关于什么的？”

“关于这里，池塘和秋天。”

“我能看看吗？”

“不行，还没写完呢。”

“那你什么时候能写完？”

“放心吧，写完了会给你看的。”

两个人立起身，慢慢地走回修道院。

“那里，你有没有注意过那有多美？”他们经过“天国乐园”的时候，海尔涅说，“走廊、弓形窗、回廊、食堂、哥特式和罗马式的风格，都出自艺术家之手，美轮美奂啊。但这样的仙境用来干吗了？就为了几十个将来要成为牧师的无知男生。祖国可真会暴殄天物啊！”

整个一下午，汉斯的脑子里全是海尔涅。多么奇怪的一个家伙！汉斯的焦虑和渴望在他那压根就不存在。

他有自己的思想，活得更精彩和自由，同时又遭受着奇怪的不安，对身边的一切厌恶至极。他懂得古老的建筑之美，深谙以诗言志的神秘独特之道，在想象的世界里为自己构造了另一种生活。他思维敏捷、桀骜不驯，一天的乐趣胜过汉斯的一整年。他神情忧郁，却又视忧伤为特有的调味剂，虽风味怪异，却食之甘味。

就在那天晚上，海尔涅让全寝室的人领教了他性格中善变和惊人的一面。他们的一个室友，一个叫奥托·温格的自大、刻薄的家伙，找海尔涅挑事儿。刚开始的时候，海尔涅还很冷静克制，没把他当回事，但后来脑子一发热，抽了温格一嘴巴子。随即这俩人就疯了一样地紧紧纠缠在一起，像一艘失控了的船在赫拉斯漂移翻转着，互相拉扯着、转着半圈，抵上墙壁，撞翻椅子，从寝室的这头滚到那头，两个人一句话都不说，只听见嘴里沉重的喘息声和低吼声。室友们全神贯注地目睹这一切，避开他们拳脚的碰撞，挪动着脚步，护着各自的书桌和煤油灯，激动地期待着最终的胜负。打斗持续了好几分钟，海尔涅挣扎着摆脱了纠缠，立起了身，站在原地大口地喘气。他看上去已经面目全非了，双眼通红，衣领扯裂了，裤子在膝盖那也磨了一个洞。他的对手正打算重新开始猛攻，海尔涅却叉着胳膊，傲慢地说道："我不想打了——你要想继续，请自便，打我。" 奥托·温格骂骂咧咧地离开了。海尔涅靠着他的书桌，调了调煤油灯的灯光，然后两手插进裤袋里，似乎陷入了遥不可及的冥思中。突然，有眼泪从他眼中涌出，一滴一滴，越来越多。这可真是破了天荒啊，对神学院的学生来说，哭鼻子那绝对是最可鄙的事啊。但海尔涅却丝毫没有掩饰自己的情绪。他没有离开寝室，就站在那，脸色苍白无力，目不转睛地盯着煤油灯；他任由眼泪流淌，连手都没有掏出口袋。其他人围在他的身边，一脸的诧异和鄙夷，最终哈特纳走到他面前说道："喂，海尔涅，你不觉得羞耻吗？"

满面泪水的海尔涅缓缓地顾目四盼，好像刚从熟睡中醒来一样。

"羞耻——在你面前？"他大声地嘲讽道，"没有，我的朋友。"

他擦干眼泪，冷笑着吹灭了煤油灯，离开了寝室。

在整个事件过程中，汉斯·吉本哈特都没有离开他的书桌，只是惊讶地瞥了眼海尔涅。十五分钟之后，他才鼓足勇气出去找海尔涅。在漆黑寒冷的宿舍走廊里，一扇窗沿的深处，他看见了海尔涅，坐在那一动不动，凝视着外面的回廊。从身后看，他的肩膀，还有那窄长、轮廓分明的脑袋给人一种异样的严肃和成熟感。汉斯向他走过去的时候，他还是没动一下。过了一会儿，他头都没回，嘶哑着问道："有事吗？"

"是我。"汉斯小心地说道。

"你要干吗？"

"没什么。"

"哦，那你干吗不走？"

汉斯觉得受到了伤害，正准备离开，海尔涅阻止了他。

"别走，"他的话音中露出一丝不确定的轻率，"我不是那个意思。"

现在他俩四目相对，彼此第一次认真地看着对方，似乎想要一探究竟，那稚气未脱的外表之下藏着怎样的一种个性和不一样的灵魂。

赫尔曼·海尔涅缓缓地伸出胳膊，按住了汉斯的肩膀，将他往身边拉，直到两个人的脸都几乎碰上了。然后，汉斯就惊讶地感觉到海尔涅的嘴唇触到了自己的嘴。

一种不寻常的颤动占据了汉斯的心。在漆黑的宿舍楼，像这样的两个人独处和这个突如其来的亲吻，是很骇人和前所未闻的，甚至是很危险的；如果被人看见了，比起哭鼻子，亲吻可是会更让人觉得荒唐和丢脸的呀，那样的话可就糟透了。汉斯不知所措，一句话说不出口，只觉得脑门发热，想一走了之。

一个成年人如果看见了这样的场景，那种温柔而笨拙的羞涩和真挚的两个小脸蛋，会有一种恬静的愉悦之情。两个俊秀的男孩，大有前途，又稚气未脱，天真无邪中透着稚嫩而迷人的青春叛逆。

年轻的学生们彼此之间现在已经很熟络了，对身边的人也有了初步的看法，友谊之花亦如雨后春笋般的冒了出来。随处可见俩俩待在一起，学习希伯来动词、画画、散步或者阅读席勒。数学差但拉丁文好的学生会找上数学好但拉丁文差的学生，俩人取长补短。也有那种建立在某种契约和分享有形物品之上的友谊。那个羡煞旁人的火腿男孩看上了一个来自施塔姆海姆的菜农家的儿子，那家伙的壁橱里苹果堆得老高。有次在吃火腿时，他问菜农的儿子要了一个苹果，作为交换，他给了对方一片火腿。俩人毫不迟疑地坐在了一起，窃窃私语中得知，一家的火腿多得数不清，另一家的苹果供应也是源源不断。就这样，一种牢固的友谊建立了，而且比许多更理想和冲动的关系要长久。

只有为数不多的几个男孩仍孑然一身，其中一个就有卢修斯，那时候，这孩子对音乐艺术的狂热挚爱仍旺盛绽放。

也有一些糟糕的搭配。比如赫尔曼·海尔涅和汉斯·吉本哈特，一个轻浮，一个认真，一个是诗人，一个是书呆子，可能是最不相配的一对了。在大家的眼里，虽然两个人都是最聪明、最有才华的学生，海尔涅的天才名声却带有半戏谑的成分，而汉斯则背有乖乖生的“污名”。不过，其他人都忙着交往各自的朋友，这俩人倒也没受到太多的干扰。

尽管有着这样那样的个人兴趣和体验，他们的功课却不见片刻的轻松。相反的，学习占据了他们绝大部分的时间，卢修斯的音乐、海尔涅的诗歌、所有的盟约、交易及偶尔的打斗只是些微不足道的小插曲。特别是希伯来语，让他们所有人都伤透了脑筋。耶和华的生僻古文，堪比天书，像一株日渐枯萎却倔强存活的树，在男孩们的面前呈现出怪异、扭曲而盘根错节的形态，以超乎寻常的关联吸引了他们的注意力，使他们折服于其绚烂而扑鼻的花香。在它的枝丫、空洞和树根里，住着或正或邪的远古幽灵：虚幻骇人的恶龙，可爱纯真的女孩，满脸皱纹的圣贤，长相俊美的男孩，眼神安宁的少女和动辄争吵的女人。这些真实世俗的人物，通过上帝之口，和其多舛而坚韧的一生，让《路德福音》里虚无缥缈的教义变得有血有肉起来。至少海尔涅是这样认为的，跟那些熟记所有单词并能准确发音的书呆子相比，他虽每时每刻在诅咒《摩西五经》，却能从中发现更多的生命和精华。

另外，《新约全书》的内容也更温和、明朗而亲切，虽然语言不是那么的古老、深奥和丰富，却充盈着热切而富有想象的精神。

还有《奥德赛》，那铿锵有力、富有节奏的诗行向世人展示了一种消逝了的跌宕起伏、充满欢愉的生活。相比之下，历史学家色诺芬和李维这些名人则相形见绌，湮灭于历史的洪流中。

汉斯诧异地发现，所有的这一切，在他的朋友的眼里，竟然跟自己有着如此的不同。对海尔涅而言，没有什么是抽象的，没有什么是他无法想象并涂上憧憬的色彩的。如果不可以，他就会转过脸去，心生厌倦。在他看来，数学就好比那狮身人面像，用一道道存心欺骗的难题冷酷恶毒地凝视着她的猎物，使他们动弹不得，于是，他对这个魔鬼敬而远之。

这两人之间的友谊是很不寻常的。对海尔涅来说，这是一种愉悦的享受，是一种便利或仅仅是巧合，而汉斯却将之视若至宝，值得一生去守护，但珍宝有时候会成为负担。一直以来，汉斯在晚上都会做作业。可现在因为海尔涅厌倦了学习，会跑到他的书桌旁，收走他的书本，勒令他一起玩。这样的情况越来越频繁，虽然还是很喜欢他的朋友，到后来一看到他靠近，也禁不住全身颤抖，只好在常规的学习时间里加倍努力地匆忙学习。而当海尔涅开始有理有据地驳斥他的勤奋时，局面也变得愈发地难以掌控了。

“你这是浪费时间，”他断言道，“你做作业不是自愿的，只是因为你怕老师或者你家的老头儿。成为班上第一或第二，有什么意义？我是第二十名，也可以和你们这些书呆子一样聪明。”

而海尔涅对待书本的方式也同样让汉斯惊愕不已。有一天，汉斯把自己的地图册落在了报告厅，因为第二天有堂地理课，就找海尔涅借他的。他厌恶地发现每一页都脏兮兮的，全是铅笔印。伊比利亚半岛的西海岸线被他勾勒成了一幅丑陋的侧面人像，鼻子从波尔图伸到了里斯本，菲尼斯特雷角被涂成了一头卷发，而圣文森特角则被描成了卷曲有型的胡须。每一页的情况都差不多；地图背面的白纸上画着漫画或写有讽刺的诗句，墨水渍也比比皆是。而在汉斯的心里，书本是既神圣又珍贵的，海尔涅这样的恣意妄为无异于是对书本的一种亵渎、一种践踏。

有时候，好像汉斯于他的朋友而言只是一种消遣的玩意——就像一只家猫——汉斯自己也偶尔这样想。但海尔涅真的离不开他，他需要他，他需要在他就学校和生活发表革新演讲时，有个人能安静地听着，一脸期盼。他也需要有个人可以安慰他，在他沮丧的时候，可以有条腿让他的头倚靠。跟其他的同类人一样，这位年轻的诗人饱受忧郁情绪的折磨，虽然荒谬甚至有点无病呻吟。导致他忧郁的原因有很多，比如从童年到青春期的痛苦过渡，虽有明确目标但明显过剩的预感、精力和渴望，以及初谙人事的说不清道不明的冲动。他近乎病态地渴求同情和抚爱。在上学前，他是他母亲的宠物，现在，在没准备好男女情爱之前，他这位随和的朋友必须充当安慰者的角色。

晚上，他经常过来找汉斯，一脸沮丧，将他从学习中劫持走，要他陪着他。在宿舍楼寒冷的大厅，或空旷、漆黑的祷告室里，他们来回走着，或者寻一个壁龛坐下，瑟瑟发抖。然后海尔涅就开始滔滔不绝地哭诉起自己的忧伤，那模样就好比一位多情的少年，在读过海涅的诗歌后，陶醉在一种稚嫩的伤感中。虽然汉斯并不十分理解他的感受，也颇受感动，有时候甚至也感伤起来。在恶劣的天气里，这位敏感的才子会变得尤其脆弱；在深秋的夜晚，当天上乌云密布，月亮躲在云层后，只在昏暗的裂缝间露出一抹身影时，他的哀叹和呻吟达到了顶点。那时，他会沉溺于各种夸张的情绪，忧郁不已，并通过叹息、演讲和诗句一股脑儿地倒给了无辜的汉斯。

目睹海尔涅的种种痛苦，汉斯感到无比的压抑和苦恼，每次与海尔涅分开后，一头扎进学习中去，而学习现在于他而言已经越来越难了。他又有了以前的那种头痛的感觉，但这并没有让他感到特别惊讶，让他忧心忡忡的是他现在变得越来越无所事事，无精打采，连最基本的功课都要强迫自己才打得起精神来。

他感觉到了这段友谊已经耗尽了他的精力，他曾引以为傲的一部分自己现在也出了问题。但海尔涅越悲观、越哭哭啼啼，汉斯越同情他，越自豪地认为自己对朋友的不可或缺。

当然，他也意识到这种病态的忧郁其实只是过剩的负能量的一种释放，并不能代表真正的海尔涅。他对海尔涅的仰慕是由衷的、发自肺腑的。当他的朋友背诵自己写的诗歌，谈论自己的诗歌理想，或者复述席勒或莎士比亚作品中慷慨激昂的独白时——从头至尾都伴随着戏剧化的手势——汉斯觉得海尔涅身上有一种自己所缺乏的魔力，洋洋自得，来回走动，似乎穿着一双插上翅膀的荷马信使之屐，拥有神一样的自由，随时都会弃他和他这一类的俗人而去。诗人的世界对汉斯来说曾经一点都不重要，但现在，有生以来第一次，他让自己淹没在华丽的修辞、迷离的意象和深情的韵律之中，而他对于这个新世界的赞叹又转化成对他朋友的纯朴敬仰。

与此同时，十一月多有暴雨的阴暗天气亦已来临，不点灯的话，白天趴在桌子上学习的时间没几个小时，到了漆黑的夜晚，暴雨压着大片的乌云从黑漆漆的天空倾注而下，古老的修道院四周，狂风呼啸。树叶现在已经全部凋落了——除了那些盘根错节的橡树，他们是乡下众多树木中的贵族，树叶仍在沙沙作响，暴躁的声音比其他所有的树加起来还要大。海尔涅脾气变得很坏，最近他不大想跟汉斯坐在一起，宁愿去偏僻的练功房拉小提琴或者找其他人打一架来宣泄自己的情绪。

一天晚上，他来到练功房，发现卢修斯在乐谱架前练琴，他气呼呼地离开了。半个小时后他又回来了，发现卢修斯还在卖力地练习。

“你知不知道你该让位了，”海尔涅一脸的不悦，

“其他人也想有机会练习呢。再说了，你这拉的什么玩意儿，难听死了。”

卢修斯一动不动。海尔涅开始发飙了，看到卢修斯又开始练了起来，他一脚踹翻了乐谱架，乐谱散了一地，乐谱架的顶端砰的一声撞到了卢修斯的脸。卢修斯弯下腰去捡地上的乐谱。

“我要向校长报告这件事。”他咬牙切齿地说道。

“好啊，”海尔涅尖叫道，“你还可以跟他讲我把你修理了一顿。”话音刚落，他就准备要动手。

卢修斯吓得退到一边，想要夺门而逃，他的对手紧随其后，一路尖叫着追过走廊、大厅，沿着台阶一直到修道院最偏僻的地方，那里是宁静、让人生畏的校长居住的屋子。就在卢修斯站在校长敞开的书房门前，敲了敲门之际，海尔涅赶上了他的逃亡者，在最后关头给了他之前承诺的一脚，然后卢修斯就像一枚炮弹飞进了圣堂之中的圣堂。

这起事件是闻所未闻的。第二天一早，校长就年轻人的堕落发表了一场精彩绝伦的演讲。卢修斯若有所思地聆听着，一脸的感激之情，而海尔涅则被宣判了长期软禁。

“这样的惩戒，”校长大声斥责道，“多少年都还未实施过。我坚信在接下来的十年中，你都会记住它。你们其他人也要以海尔涅为戒。”

所有的学生都在偷偷瞄着海尔涅，而海尔涅则站在那里，脸色苍白，一脸倔强，眼睛一眨不眨地直视着校长。许多人暗地里是很钦佩他的。但是在演讲结束时，大家嘈杂着涌出报告厅，只剩下海尔涅孤零零的一个人，好像他是一个麻风病患者。现在支持他是需要勇气的。

汉斯·吉本哈特也没有支持他。他清楚地意识到他应该这样做，并为自己这样的懦弱行为而感到痛苦。他闷闷不乐，心生羞愧，躲在一个壁龛里，都不敢睁眼。他觉得有必要去找他的朋友，在没有人注意的情况下，他肯定会这样去做的。但要是有人受到了像海尔涅那样严重的惩戒的话，肯定是会被排斥的，因为要过好长时间别人才会再跟你说话。每个人都知道，这个肇事者肯定会受到监控的，如果你跟他有任何瓜葛的话，是很危险的，而且会给你带来一个坏名声。国家对于学杂费的减免势必伴随着极其苛刻的条件，这一点，校长在开学第一天的演讲中也特别强调了。汉斯很清楚这一点，在忠于朋友还是追随野心之间，忠诚落了下风。他的野心是要成功，要在考试中拿到最高荣誉，要过上体面的生活，而不是获得一段浪漫的或者危险的友谊。因此，他始终躲在角落里。其实，还有时间来做出英勇之举，但随着时间的流逝，这也变得几无可能，在他还没有真正意识到这点时，他的毫不作为已经变成了一种背叛。

海尔涅也意识到了这点。这个热情洋溢的男孩能感觉到大家都对他避之不及，也能理解这样的做法，但他对汉斯还是满怀期盼的。如今他感到既悲哀又愤怒，以前的忧郁似乎显得那么的不值一提、可笑至极。这一会，他在吉本哈特身边停住了脚步，苍白的脸上露着鄙夷的神情，只听他轻声说道：

“你就是个懦夫，吉本哈特——见鬼去吧你。”说完他就走开了，两手插在裤兜里，一边走着，一边轻声地吹着口哨。

不过幸运的是，男孩们都忙于学习和其他的杂事。这起事件发生后过了几天，天突然下起了雪来，接下来是一段清澈严寒的日子。这时你可以打雪仗、去滑冰。所有人突然意识到圣诞节快要到了，开始讨论起他们来这里的第一个假期了。男孩们开始不怎么关注海尔涅了，这家伙趾气高扬地在校园里走着，一脸的不屑，跟谁都不说话，时不时地在一个笔记本上写下几行诗句，那个笔记本外面包着黑色的油皮纸，纸上写有题词“僧侣之歌”。

橡树、赤杨树、山毛榉和柳树披上了一层白霜和冻雪，千姿百态，分外妖娆。池塘上，晶莹剔透的冰面在水气中发出轻微的爆裂声。回廊的庭院看上去像一座雕塑园林。教室里洋溢着一种节日的气氛，期待圣诞节来临的喜悦让两位正襟危坐的教授脸上都露出了一丝慈爱的笑容。学生也好，老师也罢，没有人可以对圣诞节无动于衷。海尔涅看上去似乎也没那么阴冷和痛苦了，而卢修斯在想着要带哪些书和哪双鞋子回家。父母们寄过来的信件中提到了一些令人向往的暗示：对最大愿望的询问，对“烘培日”的描述，对将要发生的惊喜的提示和对即将来临的团聚的欣喜表达。

眼看假期就要开始了，整个学校——特别是赫拉斯——见证了另一起搞笑的事件。学生们已经决定了要邀请老师们来赫拉斯，这个最大的一间寝室，参加圣诞晚会。之前计划好的节目有一个致辞、两个朗诵、一个笛子独奏和一个小提琴二重奏。但男孩们最希望的是他们要有一个滑稽的节目。他们不停地讨论、协商、提出建议又否决了，迟迟不能达成一致。后来，卡尔·哈默不经意地提到最搞笑的节目莫过于让卢修斯来一个小提琴独奏了。这个主意真是绝妙啊。在大家的许诺、威胁和咒骂下，这个不幸的音乐家只好答应了表演。老师们都收到了一张很高雅的邀请卡，上面在醒目的地方写着：“《寂静之夜》，小提琴演奏，演奏者：埃米尔·卢修斯——室内演奏大师。”这个最后的头衔是大家加到卢修斯头上，来奖励他在偏僻的音乐教室孜孜不倦的努力的。

校长、教授们、导师们、音乐老师和宿监都被邀请过来参加这场盛宴。看到卢修斯打扮得光鲜亮丽，穿着一件从哈特纳那借来的黑色礼服，面带谦逊的微笑，移步来到乐谱架前，音乐老师的额头一下子就冒出了冷汗。就连他握琴弓的样子都让人捧腹大笑，而《寂静之夜》在他的手指下，则变成了一曲扣人心弦的哀歌，能让人抓狂的哀号。刚一开始他就不得不重弹了一次，把整个旋律拉得支离破碎，只有靠跺脚才能维持住节拍，吃力得就像冬日里的伐木工。

校长饶有兴致地点着头，看着已经出离愤怒、一脸铁青的音乐老师。

当卢修斯第三次重新开始，结果又卡壳了的时候，他放下了小提琴，转向观众，解释道：“不知道怎么回事，就是弹不了。不过我是这个秋天才开始练习小提琴的。”

“没关系，卢修斯，”校长说，“我们对你的努力表示感谢。继续练就好了。记住：循此苦旅，以达天际。”

十二月二十四日一大早，整个宿舍楼就人声嘈杂，忙成一团了。窗户玻璃上附着一层厚厚的冰花，恣意绽放。盥洗池里的水都结了冰，刺骨的冷风刮过回廊的庭院，但没有一个人在意这些。餐厅里，偌大的咖啡壶里冒着热气，男孩们匆匆吃过早饭，裹着厚厚的外套和围巾，深一脚浅一脚地穿过积雪覆盖的路面和静谧的森林，走向遥远的火车站。他们彼此闲聊、打趣、放声大笑，每个人的心中都装着各自的愿望、喜悦和期待。不管家在哪里——集镇、乡下还是偏远的农场——他们知道父母和兄弟姐妹们都在温暖、充满节日喜庆的家里期待着他们。对绝大多数人来说，这是他们有生以来第一次从外地赶回家过圣诞，第一次全家人充满疼爱和骄傲地等着他们。

在森林中央的这个小火车站，他们在酷寒的站台上等着，却有着从未有过的团结、宽容和兴奋。只有海尔涅一个人孤零零的，一言不发。当火车缓缓驶进车站，他等到所有同学都上了车，然后才找到一个可以独处的车厢。在下一个车站换车时，汉斯又看了他一眼，虽然心中仍然觉得羞愧和后悔，但回家的激动和喜悦很快将这种感觉冲淡了。

到了家，迎接他的是满足而快乐的父亲，还有一大桌子的礼物。但是，他们家是没有真正的圣诞节氛围的。没有圣诞歌曲，没有过节的那种自发的喜悦；母亲不在了，也没有圣诞树。老吉本哈特缺乏庆祝节日的艺术细胞。但他以儿子为荣，对礼物也从不吝啬。而且，汉斯对这一切早已司空见惯，并未觉得有什么缺失。

大家觉得他看上去气色不好，脸色太过于苍白了，以至于怀疑他在修道院吃不饱。对此他断然否决了，并向大家保证他的身体没有问题，只是经常觉得头痛。牧师听闻此事后，安慰他说，他年轻时也有过这样的头痛，所以，一切都没有问题。

整个河面全都结了冰，圣诞假日期间，每天从早到晚，河上全是溜冰的人。汉斯几乎没有片刻待在家里，穿着件新外套，戴着顶绿色的学院帽，整天在外面疯玩。他现在已经将以前的同学远远地甩在了身后，迈进了让人无比羡慕的更高殿堂。

第四章

在神学院，有一到几个学生在四年的上学期间退学了，这是很常见的。偶尔他们中会有人死了，要么在其他同学的圣歌声中在学校入土为安，要么由一帮好友将遗体护送回家。其他时候，因为做出了什么让人无法容忍的不端行为，一个男生会直接辍学或者被勒令退学。还有一个偶发的状况——虽然可能性很小，而且仅在高年级阶段——一个绝望的男生因为想要从青春期的苦痛中解脱出来，直接投河或饮弹自尽。

汉斯所在的班级也陆续失去了好几个同学，而且让人很奇怪的巧合是，这几个人都住在赫拉斯。

他们寝室有个头发浅黄的害羞小家伙，叫作辛丁格，大家都喊他辛度。他来自天主教占统治地位的阿尔高地区，是个裁缝家的儿子，性格极其腼腆，只有等到他离去了，大家才想起身边曾经有这样的一个人，而且即便如此，又很快被大家所遗忘。作为小气鬼卢修斯的同桌，辛度曾以他自己的那种友好而低调的方式，跟卢修斯有过比其他同学多那么一点点的关联，但实际上他一个朋友也没有。直到大家怀念起他的时候，才意识到他其实是个很讨人喜欢的交往者，一直以来都很随和，在赫拉斯经常躁动不安的生活中，总是一副恬静的模样。

一月的某一天，他加入了一群去饮马池嬉戏、溜冰的同学。他自己并没有溜冰鞋，只是想看着其他人玩。很快他就感觉到了冷意，只好在池塘边上不停地跺脚来取暖。跺着跺着，他跑了起来，结果迷路了，来到了另一个小湖上，因为这个湖底的泉水温度高一点，水流要更强，所以湖面只是结了一层薄薄的冰。当他踩在冰面上，快要穿过芦苇丛时，冰面裂开了，虽然他是那么的小，那么的轻。离岸边仅一步之遥，他拼命挣扎，绝望地尖叫着，然后沉入了冰冷的水中，不见了。

直到下午两点第一堂课上课时，才有人发现他不见了。

“辛丁格在哪？”导师大声喊道。

没有人回答。

“你们派个人去赫拉斯找找。”

他也不在那里。

“他一定是在哪有什么事耽搁了。我们不等他了，开始上课吧。大家翻到四十七页，今天我们上第七首诗。在这里，我还想强调一下，以后不允许再发生这样的事。你们必须要守时。”

时钟来到了三点，还是没有辛丁格的身影，导师开始有点焦虑了。他派人去请校长，校长很快来到了报告厅，询问了一长串的问题。然后，他派了十名同学、一个宿监和一个导师去寻找辛丁格。留下来的其他人给布置了一项书面作业。

大概四点钟的光景，导师都没敲门就走进报告厅，在校长的耳边低声说了什么。

“所有人，安静。”校长命令道。同学们一动不动地坐在椅子上，期待地看着他。

“你们的朋友辛丁格，”他的声音柔软了许多，“好像在一个池塘里淹死了。现在，你们要去帮忙找到他。梅耶教授会领着你们。你们要听从他的指令，不要自作主张。”

所有人都震惊了，彼此之间窃窃私语，跟在教授的身后。镇上来了几个男人，带着绳子、木板和木杆，也加入了队伍。外面冷得瘆人，太阳也马上要落山了。

等到发现了那具僵硬的、小小的身体，放在积雪覆盖的芦苇里的一个担架上，已经是黄昏时分了。同学们杂乱无章地站在一旁，像受到惊吓的小鸟，盯着尸体，搓揉着他们冻得通红、僵硬的手指。直到他们那溺亡的同学在他们眼前被抬上了担架，他们麻木的内心才突然油然而生一种恐惧。他们尝到了死亡的味道，就如同一头小鹿嗅到了猎人的气息。

汉斯·吉本哈特走在那一小撮惹人同情、瑟瑟发抖的人群中，发现身边就是他曾经的朋友，诗人海尔涅。两个人跌跌撞撞地走在高低不平的田野里，几乎是同时注意到了身边的彼此。也许是死亡的场景侵占了他们整个的心灵，让他们顷刻间悔悟到所有的自私都是徒劳的。不管怎样，当汉斯如此近距离地看着他朋友的那张苍白的脸时，他突然感到了一种刻骨铭心、不可言状的疼痛，不自觉地伸出手想要拉住他。但是海尔涅立刻躲开了，扭过头去，一脸的不可冒犯和怒气。接着，他减慢脚步，落到了队伍的最后面。

在那一刻，汉斯的心因为痛苦和羞愧而颤抖不已。在荒芜的冰冻之地蹒跚而行，汉斯的眼泪禁不住滴落他那冰冷的脸颊。他意识到有些罪恶和疏忽是无法得到原谅和忏悔的，在他眼里，担架上躺着的似乎不是裁缝的小儿子，而是海尔涅，如今，他把汉斯对他不忠导致的所有痛苦和怒火带到了另一个遥远的世界，在那里，所有人都将会得到审判，而标准不是成绩和考试分数，也不是学术上的成就，而是完全根据一个人良知的纯洁与否。

他们终于到达了主干路，可以轻松些地朝着修道院主楼走去，那里，在校长的带领下，所有人都齐刷刷地站着等死去的辛丁格，如果他还活着的话，一想到受到了这么隆重的礼遇，恐怕也会心生怯意吧。老师们对待一名死去的学生跟一位活着的学生肯定是很不一样的。他们的脑海里至少会闪过这样的念头，每一个年轻的生命都是多么的珍贵和独一无二，而他们曾对其犯下了那么多轻率的罪行。

当天晚上和第二天一整天，整个修道院仍笼罩在这具安详的遗体的影响之中。所有的活动和交谈都变得柔和起来，甚至是悄无声息，在这个短暂的期间，争吵、愤怒、嘈杂和欢笑都消失不见了，就像湖面上突然不见了蜂鸟的身影，只剩下静谧、死寂的一片景象。有两个男生谈论起他们溺亡的同学，现在也用的是全名，因为辛度对于一位死者而言似乎有失尊重。安静躺着的辛度，总是淹没在人群中的辛度，用他的名字和他的死亡渗透到了偌大的修道院的每一个角落。

他死后的第二天，他的父亲赶来了，在安放他儿子遗体的房间里待了几个小时，然后受校长之邀喝了杯茶，晚上住在了附近的一个小旅馆“斯塔格”。

接下来是葬礼。棺材被体面地安放在寝室里，这位来自阿尔高的裁缝站在旁边，目睹着正在进行的所有仪式。他看上去就是一个彻头彻尾的裁缝；身材消瘦，上身穿着一件黑色燕尾服，透着浅绿色的光泽，下身穿了条紧巴巴的裤子。他的手中拿着一顶破旧的大礼帽，消瘦的脸庞看上去十分的酸楚、悲伤，虚弱得如同风中的一根残烛；跟校长和教授们相比，显得是那么的局促和惶恐。

最后的时刻到了，就在扶柩者抬起棺材的时候，这个悲痛的瘦小男人再一次走上前，怯懦地轻抚着棺材盖。他站在那，无助地强忍着眼泪，站在偌大的静悄悄的房间里，如同寒冬中的一棵枯树——他是如此的迷茫和绝望，对眼前的一切无计可施，真是让人不忍直视。牧师拉住了他的手，站在他的身边。裁缝戴上了那顶有着怪诞弧线的大礼帽，第一个跟着棺材下了楼，走过回廊，穿过古老的大门和白茫茫的田野，来到了教堂墓地那矮矮的围墙下。同学们围在坟地边唱圣歌，而音乐老师甚是恼火，因为他们没有看他打拍子的手势。他们都在看着瘦小的裁缝那摇摇欲坠的孤独身影，显得那么忧伤，在雪中似乎被冻住了一样，低着头倾听牧师和校长的悼词，向学生们点头示意，偶尔用左手在上衣口袋里摸索着寻找手帕，却始终没有掏出来。

“我禁不住想到，要是我自己的父亲像那样地站在那里。”奥托·哈特纳后来说道。然后他们都附和着：“是的，我当时也有想过。”

后来，校长将辛丁格的父亲带到了赫拉斯。“你们当中谁跟死者关系最好？”校长问。一开始，没有人吭声，而辛度的父亲盯着这群年轻人的面孔，眼里充满了痛苦和恐惧。然后，卢修斯站了出来，老辛丁格拉住了他的手，握了一会儿，却不知道说什么，只好又松开了，谦卑地点了点头。随后，他就永远地离开了修道院。他要在明朗的冬日里跋涉一整天才能到家，然后告诉他的妻子，他们的卡尔被葬在了什么样的一个地方。

死亡笼罩在修道院的日子很快就过去了。老师们又开始训诫起学生来，门又被摔得砰砰响，几乎没人还会想起曾住在赫拉斯的那个男孩了。有几个男生当时站在那个令人忧伤的池塘边而患上了感冒，现在要么躺在学校的医务室里，要么穿着毛绒拖鞋、脖子上围着围巾在跑来跑去。汉斯·吉本哈特抗住了那场严峻的考验，身体上安然无恙，但自从那起悲剧发生之日起，看上去更老成和严肃了。他的内心已经跟从前不一样了。这个男孩已经变成了一位少年，他的灵魂似乎受到了洗礼，变得躁动不安、永不安宁了。这样的变化，很大程度上并不是由于对辛度的死的震惊或悲痛，而是他突然意识到他对海尔涅曾造成的伤害。

海尔涅跟另外两个男生躺在医务室里。医生嘱咐他要喝热茶，他也有充足的时间来梳理他对辛丁格死亡的印象，以便将来可以写到他的诗歌里。当然了，目前他对写诗并没有强烈的意愿，因为他还在备受煎熬，几乎没跟一起得病的同伴说过一句话。漫长软禁带来的孤立感已经严重挫伤了他那敏锐的心灵。找不到人来倾诉他的感受和思想，他是撑不久的。老师们把他看成一个讨人厌的捣乱者，时刻监视着他；同学们对他避而远之；导师们对他的善意中透着嘲讽的味道，而他的朋友们——莎士比亚、雷瑙和席勒——展示给他的是一个浩瀚、壮观的不同世界，而不是现在他所处的压抑、耻辱的环境。他的《僧侣之歌》，本来只是对孤立无助的一种忧伤倾诉，逐渐变成了一本苦涩的诗歌集，充满了对修道院、老师和同学的怨恨。他享受自己的殉道带来的酸楚，在别人的误解中自得其乐，感觉自己就是年轻的尤维纳利斯，写着冷酷无情、玩世不恭的僧侣诗歌。

葬礼之后的第八天，另外两名同学已经康复了，只剩下海尔涅一个人在医务室，汉斯过来看望了他。汉斯搬了把椅子坐在床边，怯懦地打了声招呼，伸手握住了海尔涅的手。海尔涅闷闷不乐地将头转向墙壁，看上去是那么地难以接近。但汉斯没有退缩，紧紧地抓住他的手不放，逼着他曾经的朋友看着他。海尔涅看着他，发出了一声冷笑。

“你究竟想要怎么样？”

汉斯仍紧握着他的手。

“你一定要听我讲，”他说，“那时候我是个懦夫，我让你失望了。但你知道我是怎样的一个人：我下定决心要成为班上的尖子生，如果可能的话，能以优异的成绩毕业。你喊我是书呆子；好吧，也许我就是。但那就是我的理想。我不知道还有什么更好的选择。”

海尔涅闭上了眼睛，汉斯继续柔声地说道：“你明白的，我真的很抱歉。我不知道你是否还愿意跟我做朋友，但你一定要原谅我。”

海尔涅一声不吭，也没有睁开眼睛。他心中的开心和喜悦希望他能用幸福的笑声来回应他的朋友；但他早已习惯于扮演一个无情而孤独的角色，在自己脸上戴上一张保护面具。汉斯追问道：

“你一定要原谅我，海尔涅！我宁愿在班上垫底而不愿意现在这个样子。只要你愿意，我们可以再成为朋友，然后告诉其他人，我们不需要他们。”

就在那一刻，海尔涅也用力地握住了汉斯的手，睁开了眼睛。

几天之后，他也离开了医务室。他们的重归于好在修道院引起了极大的骚动。这两个朋友将要一起经历几周非同寻常的时间，实际上他们并没有什么重大的体验，只是有着一种说不清道不明的幸福感，那种属于彼此、心有灵犀的感觉。这点有别于他们以前的友谊。长时间的隔阂已经改变了他们彼此。汉斯变得更温柔、更暖心、更热情；海尔涅则变得更有活力、更加阳刚，他们如此强烈地想念着彼此，这次的重归于好于他俩而言，意义重大，如获至宝。

潜意识里，这两个早熟的男孩在他们的友谊中羞涩地试探和品尝着初恋的微妙感觉。另外，他俩的契约既散发着日益成长的男子气概的粗糙魅力，也显示着对所有同学的无情挑战，其他人的各种友谊仍停留在一些无伤大雅的游戏上。同学们不喜欢海尔涅，对汉斯的行为甚是不解。

汉斯跟他的朋友越亲密，变得越开心，他跟其他人就越疏远。这种全新的幸福感如同一杯刚酿成的烈酒，奔腾在他的血液和思想中，相比之下，李维和荷马变得无关紧要，黯然失色。看到他们的模范生变成了一个问题少年，屈从于不良学生海尔涅的负面影响，老师们都惊愕不已。他们最怕的莫过于早熟的男生在青春早期显现出来的异常个性。天才的种种特性被他们视为不祥的征兆，因为天才和教师这个行当之间，有着莫大的鸿沟。但凡跟天才能沾上边的，在老师的眼中从一开始就是个怪胎。在老师看来，天才就等同于坏学生，玩世不恭，十四岁就抽烟，十五岁谈恋爱，十六岁就到酒吧厮混，读禁书，写有悖道德的文章，有时候在班上直勾勾地瞪着老师，在考勤本上注有叛逆生的标签，是软禁的热门人选。一个老师宁愿自己的班上多几个蠢材，也不愿有一个天才，而且如果你能客观地看待此事，他这样想也无可厚非。老师的任务不是去培养不切实际的智者，而是称职的拉丁文家、算术家和冷静体面的学者。那么，究竟谁给对方的折磨更多一些——是男生给老师，还是反过来——谁更像个恶魔，更是个施暴者，谁践踏了对方的灵魂，学生还是老师，这个问题，如果你回想起自己的少年时代，没有愤怒和屈辱之情的话，你是无法给出答案的。当然了，这不是我们在这讨论的焦点。让我们聊以慰藉的是，那些真正的天才总是可以治愈他们的伤口，随着个性的发展，他们在学校的打压下仍创造了自己的艺术成就。而一旦逝世，又被自欺欺人地冠以久远的光环，让老师们在一代又一代的学生面前当作典范和高贵的象征大肆宣扬。因此，规矩和个性之争年复一年地在每一所学校不停地上演。国家和学校不遗余力地要把为数极少的几个拔尖生扼杀在萌芽之中。无数次，那些深受老师的痛恨和频繁的惩罚的学生，那些辍学的和那些被勒令退学的，最终反而成了国家的珍宝。但是还有一些人——老天才知道到底有多少——在消极的倔强中渐渐枯萎，最后泯然众人矣。

根据学校古老的金科玉律，只要这两个行为怪异的男孩，汉斯和海尔涅，被视为可疑分子，他们就会遭到加倍的苛待。只有校长，一直以来以汉斯为荣并视他为希伯来语课上最热忱的学生，曾试着想挽救他，结果以尴尬收场。他把汉斯喊到他的书房，那是一座风景如画的观景楼，曾是前任院长的住所，据传出生于附近小镇克尼特林根的浮士德博士曾在此喝过酒。校长不是一个片面的人，他能洞察秋毫，处世老道，对底下的人甚至非常随和，常常直呼其名以示亲近。他最大的缺点是有着很强的虚荣心，经常在诵经台上有着卖弄做作之举，而且绝不允许有人质疑他的权威。他绝不容忍任何的干涉，也绝不承认任何的过错。所以，那些没有主见、虚与委蛇的男生跟他相处得十分融洽。而那些特立独行、心直口快的男生就不行了，因为哪怕是露出一点点表达异议的苗头，都会让他十分恼火。在扮演慈父般的朋友方面，他堪称大师，一脸的期许鼓励，声音那叫一个语重心长，他现在扮演的就是这个角色。

“请坐，吉本哈特，”看到这个男孩怯懦地走进来，他用力地握住了他的手，像对待一位大人似的打着招呼，“我想跟你聊一聊。不过，我可以喊你汉斯吗？”

“当然可以，先生。”

“你自己可能也注意到了，最近几个星期你的成绩有点下降了，至少在希伯来语方面是这样的。而不久前，你还是我们班希伯来语学得最好的学生呢，这也是为什么当我看到这样突然的松懈，感到十分的心痛呢。是不是现在你对希伯来语已经没有以前那样感兴趣了？”

“没有，没有，不是这样的，先生。”

“你再考虑考虑！这样的事情经常会发生的。也许，你现在的兴趣已经不在这上面了？”

“没有，没有，先生。”

“真的没有吗？嗯，那我们得好好想想，是不是有其他的原因呢？你愿意帮我解开谜团吗？”

“我不知道……功课我也都做了……”

“当然了，孩子，当然了。但这是不一样的。功课肯定是要做的，你们其实也没得选，对吧。但是你过去做的可远远不止功课。你更用心，或者至少你更有兴趣。我不禁问自己，是什么导致了你的勤奋突然之间就消失了？你该不会生病了吧？”

“我没有。”

“或者你头痛病犯了？你看上去并没有平常的气色好。”

“是的，我经常感觉头痛。”

“是不是每天的学习任务太重了？”

“不是，一点都不。”

“或者你在读一些闲书？跟我讲实话。”

“没有，先生。我从来没读过闲书。”

“那我就很不理解了，亲爱的孩子。肯定是什么地方出了问题。你能答应我再多努力一点吗？”

这个威严的男人一脸慈祥而认真地看着他，向他伸出了右手，汉斯将手放在了他的手心。

“这就对了，这就对了，孩子。千万别松劲啊，不然你会掉到车轮下的。”

他用力地握了下汉斯的手，这个如释重负的男孩正打算转身离开，又被喊住了。

“还有一件事，吉本哈特。你最近经常去找海尔涅，是吗？”

“是的，挺多的。”

“比找其他同学的次数多，我觉得是这样的，对吗？”

“肯定多啊，他是我的朋友。”

“可这是为什么呢？你俩根本就不是一类人呀。”

“我不知道。他是我的朋友，就这么简单。”

“你应该知道，我其实根本就不在乎你的朋友。他这个人浮躁不安，愤世嫉俗；也许他有天赋，但是心思不在学习上，对你没什么好的影响。如果你以后能少找他一点，我会很开心的……你说呢？”

“我不能那样做，先生。”

“你不能？你为什么不能？”

“因为他是我朋友。我不能就这样弃他于不顾。”

“嗯。你可以试着多跟其他同学交往下，好不好？

你是唯一一个受到海尔涅负面影响的，现在后果已经初露端倪了。你跟我说说，他有什么让你着迷的？”

“我自己也不清楚。我们彼此关心，如果我就这样不理他了，也太说不过去了。”

“我懂。嗯，我不会逼你的。但我希望你能够慢慢地跟他划清界限。我希望你能做到，非常希望。”

最后几句话已经没有了先前的温和。汉斯现在可以离开了。

从那天起，他卯足了劲学习，但再也不能像以前那样快速赶上了，就算是片刻不松懈，也只能保持现状，不再掉队而已。他自己也很清楚，目前的状况跟他的朋友有莫大的关系，但他并不觉得这是他的损失或者阻碍，而是他在学校里一直以来梦寐以求的珍宝——那就是活得精彩而有温度，相比之下，他之前的那种节制、顺从的生活几乎不值一提。他就像一个情窦初开的少年：满脑子尽是一些轰轰烈烈的英雄壮举，而不是每天单调、枯燥的琐事。因此，他不停地长吁短叹，一次又一次地逼迫自己回到“正轨”。他做不到像海尔涅那样，每天游手好闲，不管什么作业，都是胡乱照抄一通了事。因为海尔涅几乎每晚都要来找他，汉斯只好每天早上早一个小时起床，争分夺秒地学习，特别是希伯来语语法，就如同梦魇般挥之不去。如今，他仍然感兴趣的只有荷马和历史课了。就像一位盲人，他摸索着领略到了荷马所在的世界。那些历史上的英雄，不再仅仅是一串名字和生卒年月，而是两眼炯炯有神地凝视着他，每个人都有着鲜活的嘴唇和各异的面孔。

甚至在读希腊版的《圣经》时，有时候他也会真切地感受到里面人物鲜明的个性以及给他的一种亲切感。特别是有一次，他在看《马可福音》第六章，当读到耶稣把船留给了他的门徒时，书中是这样写的：

“他们马上认出了他，并且朝他跑了过去。”此时，他自己似乎也看见了人类之子下船的场景，并且也马上认出了他——不是因为他的身材或长相，而是因为他那双深邃、充满怜爱的眼睛，和那双微微张开、以示欢迎的棕色大手，是如此的美丽、修长，让人不禁遐想这双手的主人，该有着怎样强大而悲天悯人的灵魂啊。有那么一会儿，他的眼前还浮现出那波涛汹涌的湖面，以及那不堪负荷的帆船船头；然后，所有的画面就如同寒冷的天气中哈出的一口气，消失得无影无踪。

类似的情形时不时地会发生，一些历史名人或事件饥渴地想要从书本中跳出来，在他眼前再活一次似的。这些稍纵即逝的幻影，让汉斯印象很深刻，感觉很奇妙，好像他在拿着一个望远镜，窥视这黑漆漆的大地，又好像上帝在看着他一样。这些美妙的时刻来去无踪，毫无预兆，就像你不敢搭讪的朝圣者，亦或你不敢出言挽留的挚友，让你感觉难以揣摩而又不可侵犯。

他一个人守着这样的体验，并没有告诉海尔涅。后者之前的忧郁现在已经变成了一种鼓噪和愤慨，对修道院的所有老师和同学、天气，乃至人类的生活和上帝的存在都极尽抨击之能事，偶尔还爱挑起争吵，或一时兴起地整点愚蠢的恶作剧。因为海尔涅处处跟其他同学针锋相对，而汉斯对此却熟视无睹，也被其他人隔离开来。这样的日子久了，汉斯逐渐也能泰然处之，除非校长在场，对于校长，他还是有种说不上来的恐惧。作为他之前最喜爱的学生，汉斯现在明显地受到了冷落和忽视。特别是希伯来语，那可是校长的专长，现在他也丧失了全部的热情。

看到这四十位新来的学生，除了极少的几个似乎没什么变化外，其他人在这短短数月间，身心都取得了进步，确实还是令人很愉悦的。许多人的身体发育太快了；他们的手腕和脚踝令人可喜地露出了衣服一大截。每个人的脸上或多或少地都显示着青涩在一点点消逝，成熟在一点点萌芽，那些身体上还未显露发育特征的，在读完《摩西五经》后，脸上也暂时有了成年的稳重和深锁的眉头。胖乎乎的脸蛋几乎再也看不到了。

汉斯对自己学业越不满意，他在海尔涅的影响下，跟同学的疏远就越坚决。再也不是模范生了，再也不可能拿第一了，再也没有资本去蔑视任何人了，所以他的高傲再也没人买账了。虽然他本人深知这一点，却无法容忍他的室友戳中他的痛处。他经常发生口角，特别是跟有教养的哈特纳，还有那个自以为是的奥托·温格，有一天后者的嘲讽激怒了他，汉斯失控了，对之挥以老拳。随之而来的是一场血战。温格虽是一个懦夫，但对手太过于渺小，他也加以暴击。海尔涅因为不在场，所以无法施以援手。其他的室友只是站在一旁观战，觉得这是他自找苦吃。他被痛扁了一顿，鼻子流血了，所有的肋骨都隐隐作痛。整晚他躺在床上不能入眠，心中充满了耻辱、痛苦和怒火。但是他没把这件事告诉海尔涅，只是愈发地跟室友划清了界限，从那天起，再也没跟他们说过一句话。

春天快来了，连日多雨的下午和礼拜天，还有越来越长的黄昏，让修道院又兴起了一些新的活动。阿克罗波利斯，这个有着一位钢琴家和两位吹长笛的宿舍，每周定期举办两次音乐之夜活动；日耳曼尼亚则成立了一个戏剧诵读团，还有几个年轻的虔诚派教徒聚在一起，形成了一个《圣经》研读圈，每晚会在一起读一章内容，并对《圣经》进行评论。

海尔涅想加入这个戏剧组，但是被拒绝了。他因此感到怒不可遏，作为报复，他逼迫自己加入了圣经组，不过那里也不欢迎他，他那大胆的言论和无神论的影射让这个小小的兄弟会群情激愤，引发了轩然大波。不久他又厌倦了这个游戏，但在之后的很长一段时间里，说话时还留有讽刺意味的《圣经》腔调。但是，也没人在意他的举动，因为整个学校都沉浸在一种探险、进取的氛围中。

最大的骚动是由斯巴达的一个聪颖机智的家伙引发的。除了想自个儿出名外，他还想给这里单调乏味的日常生活带来一点情趣。他外号叫“邓斯坦”，对创造轰动并一举成名有着自己独到的手段。

一天早晨，男孩们走出宿舍，在盥洗室的门上发现贴有一张纸，上面有一行标题：斯巴达六警句，下面是几行押韵对句，对精挑细选出的几起奇事——怪癖啊，恶作剧啊，友情啊——戏谑了一番。吉本哈特—海尔涅这一对也赫然在列。这在这个小小的社区里引起了轩然大波。男生们聚在盥洗室的门前，就像站在一家剧院的入口，整个人群叽叽喳喳，挤来挤去，像一群蜜蜂，在等着蜂后飞出蜂巢。

第二天早上，这扇门上扎满了新的警句，反驳，进一步的证实和新一轮的批斗，而这起丑行的煽动者则狡黠地闪到一边，不再参与其中了。他已经成功地把谷仓点着了火，现在可以坐看大火蔓延了。在接下来的几天里，几乎每一个男生都参与了这场警句战争，除了卢修斯，可能他是唯一一个自始至终都没有从学习上分心的学生。最后，有位老师发现了此事，叫停了这场闹剧。

精明的邓斯坦并没有安于现状；在那场闹剧发生的同时，他已经准备好了他那大师级别的一击。现在，他在练习本纸上印刷出了第一期袖珍版的报纸。几个星期以来，他一直在收集素材。报纸叫作《豪猪报》，以讥讽文章见长。第一期的最大亮点是一场滑稽可笑的对话，发生在《约书亚记》的作者和一位毛尔布隆神学院的学生之间。报纸获得了巨大成功，而邓斯坦现在俨然一副既当编辑又做出版的忙碌样子，其名声毁誉参半的程度堪比威尼斯共和国的那位著名的阿雷蒂诺。

让所有人惊奇不已的是赫尔曼·海尔涅也狂热地加入了编辑的队伍，并且和邓斯坦一道，审查文章的笔调是否辛辣，在这一点上，他既有聪明才智，也不缺满腔怨恨。大概有四周，这份小报让整个修道院都沉浸在让人窒息的兴奋之中。

汉斯并不反对海尔涅参与其中。而他自己，则既没有这方面的才能也提不起兴趣。刚开始的时候，他并没有注意到，海尔涅在斯巴达待了那么多个晚上；他的心思在别的事情上。白天的时候，他一副无精打采的样子，上课还老走神，学习慢得要死，而且毫无乐趣可言。然后，在李维作品鉴赏课上，在他身上发生了一件很少有的事。

老师喊他起来翻译。他居然纹丝不动。

“此举为何意啊？你为何不起身啊？”教授生气地呵斥道。

汉斯仍然没动。他笔直地坐在座位上，头稍稍低下，眼睛半眯着。呵斥声似乎要将他从梦中唤醒，但教授的声音听上去还是很遥远。他感觉到同桌在轻轻地推他。但是，这一切并不重要。他感觉自己身处在其他的一些人中间，触摸他的是那些人的手，听见的是其他的声音；那是种低沉、轻柔、深邃的声音，并非是话语，而是一种空灵舒缓的潺潺声，像叮咚作响的山泉。而且，许多双眼睛都在凝视着他——那种来自异域、充满征兆、灼灼发光的眼神。也许那是他之前读过的李维作品中的一群罗马人，也许那是他所梦见的或曾经在一幅画中见过的陌生人。

“吉本哈特，”教授喊道，“你睡着了吗？”

他缓缓地睁开眼睛，一脸诧异地盯着老师，摇了摇头。

“你肯定睡着了！不然你告诉我，我们讲到哪一句了？啊？”

汉斯指了指书中的那个句子，他很清楚他们在讲哪一句。

“你觉得你要不要站起来啊？”教授讥讽道。于是汉斯站了起来。

“你究竟要干什么？看着我！”

他看着教授。教授根本没理会他的目光，只是不解地摇了摇头。

“你觉得不舒服吗，吉本哈特？”

“没有，先生。”

“坐下，课后到我办公室来。”

汉斯坐了下来，看着自己的李维课本。他已经完全醒了，明白了眼前发生的一切，但与此同时，他的内心仍然追随着那些陌生的人像，现在虽然逐渐在消退，但还是两眼在炯炯有神地盯着他，直到消失在遥远的迷雾之中。而老师的声音，被喊起来翻译的同学的声音，还有教室里窸窸窣窣的嘈杂声，又慢慢地、慢慢地向他靠近，直到变得一如往常的那么真实和具体。板凳、讲台和黑板跟平常并无二样；还有墙上挂着的那支超大的木质圆规和木质三角板，他的同学，好多都在不停地偷瞟他。然后，汉斯感觉吓了一跳；有人跟他说："下课到我办公室来。"天啦，发生什么事了？

下课了，教授示意他跟过来，他们在目瞪口呆的同学们面前走出了教室。

"你现在告诉我，你到底怎么回事？很明显，你并没有睡着。"

"是的，我没。"

"我喊你的时候，你为什么不站起来？"

"我不知道。"

"你难道没听到吗？你听力有问题吗？"

"没有，我听到你叫我了。"

"那你还不站起来？而且，你当时的眼神很奇怪。你在想什么？"

"没想什么。我想站起来的。"

"但是你为什么没有？那么，你是觉得身体不舒服？"

“我没觉得不舒服，我也不知道是什么回事。”

“你是头痛吗？”

“不是。”

“好了。你可以走了。”

就在晚饭前，他又被叫走了，带到了自己的宿舍，校长和医务室的医生在那等着他。他又一次被检查了一遍，问了几个问题，但也没发现什么特别的情况。医生善意地笑了起来，认为这不是什么大事。

“只是轻微的神经紊乱，先生，”他半开玩笑地跟校长嘀咕道，“暂时现象——短期内有点轻微的头晕。你得确保这个年轻人每天有点放松的时间啊。至于他的头痛，我给他开点药。”

从那天起，汉斯不得不每天晚饭后在外面待一个小时。这一点他倒也没啥意见。不好的是校长严令禁止海尔涅陪他一起散步。对此海尔涅破口大骂，但也无计可施。于是，汉斯一个人去散步，有时候甚至有点喜欢上了这项活动。春天已经来临了，平坦、圆润的小山上冒出了大片的新绿，像一波欢快的海浪；树木也褪去了荒凉的冬装，吐出了一片片稚嫩的新叶，放眼望去，映入眼帘的是巨幅的鲜活绿景。

在文法学校的时候，汉斯对春天有着别样的感受，体会更多的是活力和好奇，还有对细微之处的专注。他观察着候鸟，一种接一种地回归，还有各种树木，哪一类先开花，然后一到五月，他就开始去钓鱼啦。而现在，他对区分鸟的种类，或者通过花苞辨认灌木的类别，压根就没兴趣。他所看到的只是些大体的变化，到处冒尖的缤纷色彩；他呼吸着新生叶子的气味，感受着空气中柔软、醉人的气息，漫步于充满奇观的田野。他很容易就觉得疲惫，总是想躺下来，睡上一觉。除了身边的那些真切的事物外，他还经常看见一些其他的虚像。究竟是什么呢？他自己也说不上来，而且，他也不去费神思考。都是些欢快的、奇妙的、不同寻常的梦境，萦绕在他脑际，像一幅幅油画，又像一条条街道，种满了异域情调的树木，却又似乎缺乏生命力。那种纯净的油画，只能凝神沉思，但这种沉思本身也是一种体验，感觉身体被牵引着带到了另一个地方，见到了别处的人们，又好像游荡于一个异域的世界，踩着柔软、舒适的地面，呼吸着奇怪的空气，那空气，充斥着轻快和梦幻般的辛辣气息。除了这些景象外，偶尔还会有一种感觉——神秘、温暖而刺激——好像一只柔软的手充满怜爱地滑过他的身体。

对于汉斯而言，在阅读和学习的时候，要集中注意力是很困难的。那些让他提不起兴趣的知识，就如同一抹影子，在他的指尖消失得无影无踪。如果他要记住那些希伯来语词汇，他得在课前半个小时就开始学习。但是，他经常有这样的时刻，对于刚刚学习的东西，他能看见其真切的存在，那么的鲜活，比他身边的真实世界还要生动。而且，当他绝望地意识到，他的记忆已经不能再吸收任何新的东西，并且每况愈下，越来越指望不上的时候，往日的记忆却如潮水般地涌上来，清晰得可怕，让他觉得既荒诞又心烦。在课中或者在看书的时候，他会突然发觉自己在想着他的父亲，或者他家的老管家安娜，或者他以前的一位老师或同学：这些人几乎就像真的一样站在他面前，一度抓住了他整个的注意力。他还把以前的生活场景又过了一遍，从他待在斯图加特起，从国考和假期起，一遍又一遍，又或者他会看见自己坐在小河边，拿着鱼竿，嗅着阳光下温暖的河水，但与此同时，这些他梦到的场景又似乎发生在好多好多年前。

一天晚上，天气有点湿热，他和海尔涅一起在宿舍楼大厅里来回溜达，跟他说起了他的家乡、他的父亲，还有钓鱼和上学的一些事情。他的朋友显得很安静；任由他说话，时不时地点点头，偶尔心烦地挥了挥手中的一把尺子，那把尺子他已经拿在手里玩了一整天了。渐渐地，汉斯也沉默了下来；已经是深夜了，他俩在一处窗沿上坐了下来。

“你，汉斯。”海尔涅终于说话了。他的声音有点迟疑和激动。

“怎么了？”

“嗯，没什么。”

“什么啊，说啊。”

“我在想——你刚才跟我说了你自己的一些事——”

“然后呢？”

“告诉我，汉斯，你有没有追过一个女孩？”

两个人都不说话了。他们从来都没有说过这种事。汉斯对这个话题非常忌讳，但不可否认，这个对他有着魔法般的吸引力。他现在能感觉到自己的脸红得厉害，手指都在颤抖。

“只有一次，”他小声地说，“那时候，我还是个小男孩。”

又是一阵沉默。

“嗯，你呢，海尔涅？”

海尔涅叹了口气。“唉，不说了……其实不应该提的，没什么意思。”

“你都说了，快说啊！”

“我有一个心上人。”

“啊？真的吗？”

“在家乡。邻居家的女孩。这个冬天我亲了她。”

“真的吗？”

“嗯……那时候已经天黑了。是晚上了，在冰上，她让我帮她把溜冰鞋给脱了。就在那时候，我亲了她。”

“她有说什么吗？”

“说话？没。她马上跑走了。”

“然后呢？”

“然后——没然后了。”

他又叹了口气，汉斯看着他，好像他是一位来自禁区的英雄。

就在那时候，铃声响了，他们要上床睡觉了。所有的灯都熄灭了，汉斯躺在床上，一个多小时都没有睡着，一直在想着海尔涅给他心上人的那个吻。

第二天，他还想了解更多，但却羞于启齿；而海尔涅呢，因为汉斯没问他，也不好意思自己主动再提起此事。

汉斯的学习变得更糟糕了。老师们开始显得很恼火了，看他的眼神尽是厌烦之意；校长也是一脸的阴沉和愠色，同学们也很早就注意到汉斯是如何跌落神坛，再也无意争夺头名了。只有海尔涅没意识到有什么不对劲，因为他本就不怎么在意学习。汉斯目睹这一切的改变，也没放在心上。

这时候，海尔涅逐渐厌倦了出报纸这茬事，又把所有的注意力放在了他的朋友身上。对校长的禁令他嗤之以鼻，有好几次他公然跟汉斯一起去散步，在阳光下躺在一起遐想，大声地朗读他的诗歌，或者开着校长的玩笑。汉斯还在希望海尔涅能继续透露他的浪漫情事，但等的时间久了，也就慢慢不想再打听了。在其他同学的眼里，他俩还是特别地讨人厌，海尔涅在《豪猪报》上那些恶毒带刺的评论并没有赢得一个人的信任。

好在这个报纸现在也快偃旗息鼓了；它很好地填补了冬春两季交替时那几周的平淡，这个功能也不复存在了。现在，美好的春天已经开始了，给了他们太多的娱乐和消遣，比如散步啊，辨认各种植物啊，还有一些户外的游戏。每天下午，回廊的院子里充斥着兴奋的尖叫声，许多人都在摔跤、锻炼、奔跑和打球。

另外，这时又发生了一件大事。这件事的主人翁——大家的眼中钉——正是赫尔曼·海尔涅。

校长听说了海尔涅无视他的禁令，几乎每天都陪吉本哈特一起散步后，并没有去找汉斯，而是喊了罪魁祸首，他的老对头，来他的办公室。谈话的时候校长直接以名称谓，结果立刻遭到了海尔涅的抗议。校长斥责他藐视禁令，海尔涅则坚称他是吉本哈特的朋友，没有人可以禁止他俩见面。这事儿到现在这个地步，就闹大了。海尔涅受到了禁闭几个小时的惩戒，并且严令禁止他在接下来的几周时间里见吉本哈特。

于是，第二天汉斯再一次独自一人去散步了。下午两点的时候，他散步回来，跟其他同学一起来到了教室。上课了，却发现海尔涅没来。这情景跟当初辛度不见时一模一样，但这一次，没有人觉得是因为有事耽误了。到了三点，所有同学和三位老师都出了教室，到处搜寻这个不见了的男生。他们分成更小的团队，在森林边奔跑呼喊着，他们当中的一些人，包括两位老师，都隐隐觉得海尔涅有意伤害了他自己。

到了五点，附近所有的警察局都收到了警报电文，晚上的时候，一封加急信函已经寄出，发给了海尔涅的父亲。已经很晚了，仍然没有他的一丝踪迹，男生们在宿舍里窃窃低语一直到深夜。他们大多数人都相信海尔涅已经投河自尽了，还有一些人则认为他只是跑回家了，但有一点很确定，他是没有钱跑回家的。

每个人都看着汉斯，好像他应该知道内幕似的。但情况并非如此，相反的，他是这群人当中最震惊、最痛苦的，那天晚上在宿舍里，他听见别人在询问、推测、胡说八道和肆意调侃，只能蜷缩在被窝里流泪，为他的朋友担心，痛苦得久久不能入眠。他有一种不祥的预感，他的朋友不会回来了，思及至此，他悲从心来，直至在焦虑和疲惫的双重打击下，慢慢睡着了。

而就在那时候，海尔涅就在几英里外的一个小树林里正准备躺下睡觉了。他全身冻得不行，根本就无法入睡，但他却非常惬意地呼吸着，舒展着他的四肢，好像是刚从一个狭小的牢笼里逃脱出来。从中午开始，他就一直在路上溜达，还在克尼特林根买了点面包，现在，他偶尔咬上一口，看着黑漆漆的四周那稀疏的树叶，天上的星星和轻盈流动的云朵。对他而言，待在哪里都无所谓；重要的是他终于可以逃离那可恨的修道院，并且告诉校长，仅靠粗暴的禁令是压不垮他的个人意愿的。

整个第二天，所有人都在寻找他，但毫无线索。他在一个村庄附近的稻草堆里度过了第二个夜晚。早上起来后，他又退回到森林里，快到晚上的时候，他正打算去另一个村庄，结果撞上了一个巡警。这位警官善意地调侃了他一番，将他控制住，安置在了市政厅。在那儿，他的机智和奉承赢得了市长的支持，晚上居然把他带回了家，让他饱餐了一顿火腿煎蛋，然后送他上床睡觉了。第二天，已经赶到修道院的父亲过来了，把他接走了。

这个跑走的男孩被接回来的时候，整个修道院陷入了一片欢腾之中。他还是高昂着头，似乎一点都不后悔这个出游的杰作。校方要求他必须主动请求他们能网开一面，但他拒绝了，在裁决委员会的所有老师面前，他丝毫没有怯懦和屈从之意。他们之前还想着能把他留在学校，但现在已经不可能了。他以一种不光彩的方式被开除了，当晚就和他的父亲一道离开了，永远不会回来了。跟他的朋友吉本哈特，他也只能匆匆地握了下手就诀别了。

这起因为不服管教而导致的堕落事件是前所未闻的，校长为此发表了一场冠冕堂皇、慷慨激昂的演讲。但在递交给斯图加特的校董会的报告中，他的语气则平淡得多，只是轻描淡写地陈述了事情的经过。对于这个被驱逐的魔鬼，不得有任何的书信往来，这个禁令只会让汉斯·吉本哈特觉得可笑而已。几周以来，海尔涅和他的离去是大家的主要谈资。随着时间的流逝，他的离去改变了大家对他的看法。许多人回想起这个逃犯时，不再是当初避之不及的印象，反倒是如同一只雄鹰，成功地逃脱了牢笼。

赫拉斯现在有了两张空书桌了，对于这两个已经不在了的学生，第二个的影响不会像第一个那么快就被人遗忘。所以校长还是希望第二个也很安生，不要再闹出什么声响来。但海尔涅并没有做出干扰修道院宁静的任何举动。他的朋友等啊，等啊，没等到一封信。他彻底消失了，他的容貌、他的离去慢慢地变成了历史，最终成了一段传奇。在折腾了那么多的恶搞杰作，经历了那么多的不幸遭遇后，这个热情洋溢的男孩终于认命了，接受了苦难生活强加于他的条条框框，虽然他没有成为一位英雄，但至少变成了一个男人。

大家都猜测汉斯早就知道海尔涅的出逃计划，这一点让汉斯丧失了老师们对他仅存的一点好感。有一位老师在他答不出一系列提问时曾对他说：“你怎么就不跟你那位好朋友一起逃走呢？”

校长再也不在课堂上喊他回答问题了，只会偶尔向他瞥以鄙夷的目光。吉本哈特再也不是老师们的宠儿了，也变成了一个大家避之唯恐不及的差生。

第五章

就像一只仓鼠，靠着腹中储备的粮食赖以存活一样，有段时间，汉斯靠着以前掌握的知识才能苟延残喘。但接下来就是痛苦而漫长的死寂，虽偶尔迸发出一点生机，但无一例外地归于徒劳，只能让汉斯苦笑不已。现在，他已经不再无谓地折磨自己了，继放弃了《摩西五经》和色诺芬后，他又放弃了荷马和代数，目睹老师对他的评分一步步地下降，从优秀到良好，从良好到尚可，最终变成零分，也是一副不为所动的样子了。在极少数情况下，当他的头不痛时，他想到了赫尔曼·海尔涅。瞪大着眼睛，他做着轻飘飘的梦，就这样持续好几个小时，一副似睡非醒的样子。眼瞅着老师对他越来越厌烦，他最近开始回以善意、谦卑的微笑。维德里克，一位善良的年轻导师，是唯一一个看到他的笑容而感到心疼，对这个落魄的男孩抱有同情和宽容之心的人。其他的老师则一脸的愤慨，故意冷落他，或者偶尔试图用嘲讽来唤醒他沉睡的上进心。

“万一你要是醒着的话，不知道能不能请你翻译下这个句子呢？”

校长表达愤慨的方式则丝毫不给汉斯留颜面。这个虚荣的男人善于投以意味深长的目视，当他看到吉本哈特对他那充满威严的震慑扫视报以卑微顺从的微笑时，气不打一处来，情绪一下子爆发了。

“把你脸上那愚蠢之极的笑容给我收起来。你应该哭泣才对。”

父亲给汉斯写了一封信，央求他发奋学习，这封信让他更受打击。校长之前写给老吉本哈特的那封信把汉斯父亲吓得六神无主。在给儿子的信中，这个老好人把能想得到的鼓励和愤怒之词用了个遍，并且还委婉地表达了自己的哀怨和不幸，这点让汉斯愈发的痛苦不堪。

所有这些对青年孜孜不倦的教导——无论是校长还是老吉本哈特，教授和导师们——都把汉斯视为一个障碍，一块冥顽不灵、消极倦怠的石头，得驱赶着才能往前移动。除了维德里克——这位有同情之心的导师——没有一个人能察觉，在这个弱小男孩那无助的笑容之下，是一个快要溺亡的灵魂，在绝望、痛苦而焦急地寻求帮助。也没有一个人认为，一个脆弱的生命堕落到这般境地，是因为学校，是因为他父亲和文法学校老师那粗暴的野心。为什么要在他生命中最敏感、最动摇的时期，逼着他每晚学习到深夜？为什么要在文法学校人为地将他和朋友们隔离开来？为什么要灌输给他一个不堪一击的野心？为什么在他考试结束后都不给他一个应有的假期？

现在，这匹不堪重负的小马驹躺在路边，再也没有一丝用途了。

快到夏天的时候，社区的医生又过来检查了一次汉斯，诊断的结果是身体的成长导致的神经紊乱。汉斯被告知在假期里要静养，好好吃饭，沿着树林跑步，应该很快就会康复。

不幸的是，结果并非如此。离暑假还有三周的时间，在一次下午的课上，一位教授极其刻薄地训斥了汉斯。在教授大声怒吼的时候，汉斯跌坐在座位上，开始不停地发抖，哭了好长时间而不能自抑，干扰了整个教室。那天下午，他躺在床上，一刻都没有起来过。

第二天，在数学课上，老师喊他到黑板上画一个几何图形并演示其证明过程。他走上前，但在黑板前，他感到头晕目眩，胡乱地用粉笔和尺画着，结果脱手掉到了地上，当他弯下腰要捡起来时，一下子摔倒在地上，起不来了。

社区医生感到十分恼火，认为他的病人是故弄玄虚，乐此不疲。他提议为了谨慎起见，应该立即给汉斯办理病假手续，并且喊一位神经科专家过来。“那小子肯定会被诊断得了圣维特斯舞蹈症。”他小声地告诉校长，后者点点头，认为此时不能再露出一脸的怒容，而应该换上一副慈父般的同情面容——这点对他来讲可是十分的得心应手，毫无违和之感。

于是，他和医生各写了一封信给老吉本哈特，放在了汉斯的口袋里，把他打发回家了。然后，校长的怒气马上变成了深深的忧虑：在刚刚经历了海尔涅事件的困扰后，斯图加特的校董会对这起新的厄运会怎么看？让每个人感到意外的是，这次他居然未就此事发表演讲，而且在汉斯待在学校的最后几个小时里，竟然对汉斯甚是和蔼，这可不是什么好兆头。很明显，他认为汉斯在这次病假后不会再回到学校了；这个学生，成绩已经这么差了，就算他能彻底康复，也不可能补得上他落下的这几周甚至是几个月的功课的。尽管他饱含深情地与汉斯告别，并且鼓励道：“我希望我们能很快看到你回来。”当他走进赫拉斯，看到那三张空书桌的时候，他还是有一些难堪之情的。他忍不住会想到，这两个天赋满满的男孩的离去，他是要负一部分的责任的。但是，谁让他是一位如此英勇和正直的人呢，最终，他成功地将这些无用而烦人的疑虑消除在了脑后。

这个学生拎着他那小小的手提箱启程了，修道院的教堂、入口、山墙和塔楼，都慢慢地消逝在了身后，穿过森林和山脉，巴登边界那肥沃的果园出现在了视野之内，然后是普福尔茨海姆，在那之后，是黑森林那云杉覆盖的深黑色山丘，峡谷之间，一条条溪流贯穿而过。天空似乎更蓝了，天气也似乎更凉爽，让人顿生一种喜出望外的心情。汉斯欣喜地凝望着车窗外不断变化、越来越熟悉的风景，直到离家乡越来越近；然后，他想起了父亲，这次回家之旅带给他的那小小的欣慰彻底没有了，取而代之的是见到父亲时那深深的焦虑。斯图加特之旅，第一次来到毛尔布隆，当时所有人的期待、兴奋和焦虑之情又回到了他的脑际。所有经历过的这些到底有什么用？跟校长一样，他也意识到他不会再回到学校了。他完了，他的学术生涯、他的学业，还有他所有的野心都完了。但这些念头现在并没有让他真正感到伤心；他只是害怕见到失望的父亲，他辜负了他的期望，这点让他心情格外沉重。现在他只祈求一件事——休息，睡觉，哭泣，随心所欲地做梦，没人再来打扰他。但他害怕在家跟父亲一起，这些是不可能做到的。在旅程的结尾，他的头痛得厉害，他不得不从窗外收回眼光，尽管火车此时正穿过他最爱的区域，那些山峰和树林，曾几何时他是那么热衷于漫步其中。火车驶入那个熟悉的车站，他几乎都不敢下车。

现在，他站在那里，手里拿着伞和手提箱。父亲在一旁审视着他，校长最后的一封信让这个男人的失望和愤怒变成了无穷的恐惧。他原以为汉斯会两颊深陷、虚弱至极；现在看上去只是消瘦，但还是可以独立行走的。他心里好受了一些；但内心深处最让他害怕的，是校长和医生提及的神经问题。他们家族还从来没有一个人有过神经紊乱。他们经常说起一个人有此症状时，都是一副匪夷所思的嘲讽和当作笑柄的同情，感觉是在讨论一个精神病人。现在，他自己的汉斯回家了，身上带着这样的一种症状。

回家的第一天，汉斯很开心没有受到什么指责。然后他开始注意到，父亲在照看他时，明显在刻意地变得那么小心翼翼、忧心忡忡。有时候，他感觉到父亲向他这边投来怪异的审视目光，好像他是一头邪恶的怪物，跟他说话的时候，语气也是那种做作的温和，只在他认为汉斯没有注意到的情况下，才会仔细地观察他的一举一动。这样做的结果是，汉斯变得愈发的怯懦；他对自己的状况也隐隐害怕起来，这点也开始让他备受煎熬。

天气好的时候，他会在森林里躺上几个小时——这样使他觉得好受了些。儿时的那种快乐隐约间似乎在抚慰他那受伤的心灵：鲜花和昆虫，观察鸟儿，追踪动物诸如之类的快乐。但这样的时刻太短暂了。绝大多数时间里，他百无聊赖地躺在草地上，忍受着头痛，徒劳地想着什么，直到又做起了白日梦，将他带入了另一个世界。

有一次他做了一个梦。他梦见了他的朋友海尔涅，躺在一个担架上。他想走上前，但校长和老师们总是把他往后推，每当他往前走，他们就给他一记重拳。折磨他的人还不止神学院的教授和导师们，还有文法学校的校长，以及斯图加特的那些考官，所有人都是一脸怨恨之情。突然间，场景又变了，换成了淹死的辛度躺在了担架上，他那滑稽的父亲戴着一顶大礼帽，屈膝蹲在担架边。

他还做了一个梦。他在树林里四处奔跑，寻找着海尔涅。远远地，他能看见海尔涅就在树木之间，但每次他正要喊海尔涅的名字，他的身影就消失了。直到最后，海尔涅站住了，看着他靠近，然后说："喂，你知道吗，我有一个心上人。"然后，他突然发出一阵毛骨悚然的大笑，接着消失在了灌木丛中。

在同一个梦里，他看见了一个身材修长、长相英俊的男人，全身发光站在一艘船上，眼神是那么的安详、神圣，双手是那么的让人心安。场景消失了，他努力地思索其中的意义，后来他想起了《马可福音》中的一个句子：

"他们马上认出了他，并且朝他跑了过去。"

现在他要记得"跑"这个词用了什么形式，还有现在时、不定式、动词的完成体和将来体是什么。他要列举出动词的单数和复数的词性变化，每当他想不上来，就开始惊恐起来。等他从梦中醒来时，他觉得脑子里痛得厉害。当他脸上不自觉地露出以前的那种负疚、恭顺的笑容时，他就立刻听见校长在说："把你脸上的傻笑给我收起来。"

总之，尽管有那么几天汉斯觉得好了一些，但他的状况并没有丝毫改善。相反的，一切都在变得更糟。他们的家庭医生，曾治疗过他的妈妈并宣布了她的死亡，也在父亲得上痛风时照看过他，现在却拉长个脸，一天天地拖着，迟迟不肯就汉斯的病做出诊断。

在这些天里，汉斯第一次意识到，他在文法学校最后的两年里，是没有任何朋友的。以前的玩伴，有几个已经一块儿离开了小镇，而其他人，他注意到了，都成了学徒。他和他们之间没有丝毫的相似，他不想从他们任何人身上得到任何东西，他们也不会过来打扰他。老校长曾跟他讲过两次宽慰的话，拉丁文老师和牧师要是在街上遇到了他，也会朝他友好地点个头，但也就仅此而已。他再也不是一个容器，可以塞入形形色色的东西，再也不是一块沃土，可以播下各种各样的种子；他，再也不值得他们去花费时间和精力了。

也许，要是牧师对他显露出些许兴趣，会不会对他有所帮助呢？但是，牧师能做什么呢？他能够给予什么——知识，或至少追求知识的动机——当初他倾囊相授给这个男孩的，这就是他需要给的全部。他不是别的牧师，那些人自己的拉丁文水平都令人质疑，布道的内容都是从众人皆知的经典中摘抄来的，他有着和善的目光，对任何遭受不幸的人，都可以说一些宽慰人心的话，所以，在你身处困境时，你会很开心地向他求救的。而老吉本哈特，尽管他努力地隐藏自己对汉斯的怒火和失望，他既不是一个朋友，也不是个安慰者。

因此，这个男孩觉得被人遗弃了，没有一个人疼爱他；他独自一人，无所事事地坐在小花园里晒太阳，或者躺在树林里做着白日梦，想着那些烦心事。看书是给不了他任何慰藉的，只要他一翻开书，眼睛和头就开始作痛，在神学院的那段时光就阴魂不散地附上他的身体，将他拖进各种可怕的梦境，在梦中，他感觉自己快要窒息了，身边全是一双双灼灼发光的眼睛。

在这样绝望无助的困境中，另一个幽灵又入侵了这个病恹恹的男孩，一开始披着假惺惺的安慰者的外衣，逐渐变得十分熟络，深入骨髓了：寻死的念头。搞把枪，或者在森林里随便找棵树挂个绳索，实在是太容易了。每天散步的时候，寻死的念头一直萦绕在他的脑际。他四处寻觅安静、偏僻的地点，最终选了一个他认为自尽的绝佳场所。这个地方他认为用来结束他的生命是最好不过了。他时不时地过来视察一番，坐在那里，想象着他们很快就发现了他的尸体，一种奇特的快意油然而生。他不仅选定了一根树枝来挂绳子，还测试了下——所有的障碍都扫清了。一点一点地，他给父亲写了一封简短的告别信，还有一封要长得多，是写给赫尔曼·海尔涅的。这两封信，应该会在他的尸体上找到。

这样有目标的准备活动给他的精神状态带来了有益的影响。坐在那根决定他生死的树枝下，他觉得很享受，压力没有了，反倒是沉浸在一种充满欢愉的情绪中。

他不是很清楚，为什么老早以前他没把自己吊死。现在他去意已定，同意给自己执行死刑，这让他感觉很释然，跟一般人在一次长途旅行出发前不同，在这最后的日子里，他尽情地享受着阳光和那些孤独的梦境。他可以任意选一天离开，一切都准备就绪了。有时候他不由自主地在以前常去的地方徘徊片刻，直视那些无从知晓他那危险决意的人们，心中倒有一种奇特而酸楚的满足感。不管什么时候，只要碰到了那个家庭医生，他都禁不住在想："嗨，我的朋友，我真想亲眼看看，你见到我尸体时的表情呀。"

命运女神继续让他享受他那忧伤的打算。每天，她注视着他从死亡之碗里呷几口欢乐和激情，对于这个受创的年轻人而言，这种体验几乎少得可怜，但不管怎么说，他必须完成他既定的历程，在没有饱尝生命之源的酸甜苦辣之前，是不会离开这个世界的。

那些让他无处可逃的压抑景象已经很少光顾他了。他认命了，每天任由时光流逝，没有痛感，无所事事，平静地凝视着蔚蓝的天空。有时候，他感觉好像在梦游；有时候，他又好像回到了童年。有一次，他坐在他家小花园里的那棵云杉树下，沉浸在一种懒散的情绪中，不知道怎么了，就哼起了一首儿时的童谣，一遍又一遍，那是一首他在文法学校上学时的歌谣：

“噢，我好疲劳，

噢，我好无力。

皮夹子里没有钱，

书包也空空如也。”

他像从前那样哼着，不知不觉唱了不下二十遍。但他的父亲碰巧站在窗户边听见了，感到十分震惊。这首欢快轻松的儿歌超出了他清醒的意识所能理解的范围；他深深地叹了一口气，认为这是无望的神经崩溃的一种征兆。从那天起，他看着儿子的神情愈发焦虑。而他的儿子，当然也注意到了这点， 因而愈发痛苦。但汉斯还是找不到一个合适的时机，拿着绳子去森林，让那根粗壮的树枝派上用场。

与此同时，一年中最热的时候来临了，距离上次的考试和之后的暑假，已经足足有十二个月了。有时候，汉斯回想起那时候的事情，并没有显得很激动；现在他变得很漠然了。他其实也想着去钓鱼，但却不敢问父亲的意见。每次他走到水边，站在一块没人看到他的地方，不管待多久，他的目光总是热切地追随着水中那无声无息、游来游去的黑色鱼影；一想到不能去钓鱼，他还是有种莫大的痛苦。

每天快到晚上的时候，他会沿着小河往下游走一段路去游泳。因为总是要经过督察官盖斯勒家的小房子，他偶然间发现，艾玛·盖斯勒回来了。三年前，他对她是多么的迷恋啊。有几次，他好奇地瞅着她，但再也没有当初的那种喜爱了。那时候她是多么的娇美可人啊；可现在，她长胖了，举止笨拙，那新潮的发型太老气了，完全毁掉了在他心中的形象。那身长礼服跟她也不配，更要命的是她装出一副淑女般的神态，简直是个灾难。汉斯觉得太滑稽了，但与此同时，他又感到难过，记得以前，只要能看到她，他的心里别提有多甜蜜、忐忑和温暖了。是啊，所有的事情都面目全非了，更漂亮、更可爱了！记得很久很久以前，没有拉丁文，没有历史，没有希腊语，没有考试，没有神学院，也没有头痛，在那些日子里，他的书本里尽是些童话，警察和抢劫犯之类的故事。那时候，花园里他建的那个小磨坊还在转动，到了晚上，在纳什奥德家门口，他听着丽丝讲她那些狂野的故事。那时候，他认为他的老邻居格罗斯约翰，绰号“加里波第”，是个抢劫杀人犯，总是幻想着能成为他。一年到头，每个月他都有着这样那样的期待：晾晒干草啦，割丁香草啦，钓鱼啦，捉小龙虾啦，逮蚂蚱啦，把李子从树上摇下来啦，烧土豆地里的杂草啦，打谷啦。中间还有许多的礼拜天和节假日呢。有太多太多的东西让他莫名地着迷：房子、小巷、干草棚、水井、篱笆；形形色色的人和动物都是如此的熟悉，让他痴迷。在去抓蚂蚱时，他听着大一点的女孩唱歌，现在他还记得一些歌曲，是那么的欢快有趣，不过也有几首，有点说不出的忧伤。

然而，所有的这一切，在不经意间全部结束了。首先是晚上再也不能去丽丝那了，然后是周日上午不能去钓米诺鱼了，也不能看童话书了，诸如此类，一件接着一件，包括捉蚂蚱和花园里的磨坊。这些事情，都跑到哪里去了呀？

实际上，这个早熟的男孩在养病期间，体验了幻想中的第二个童年。在真实的童年被夺走之后，他的情感现在突然如泛滥的洪水般涌回那些已经模糊的年月，在回忆的森林里流连忘返，那一件件的往事像中了魔法一样，变得那么的逼真和鲜活。在回忆中，他又重新过了一次童年，而且过得那么的用心，热力四射，丝毫不亚于之前真实的童年。就像一眼长期被压制的泉水，他那被剥夺和践踏的童年一下子喷发了出来。

当一棵树被剪去了树梢，会在根附近长出新的嫩芽。一颗在萌芽时期就惨遭毁灭的心灵，也会回到开春之际，也就是那充满希望的童年，似乎这样就可以发现新的希望，修复已经支离破碎的生活。新的萌芽迅速而热切地生长着，但充其量只是一种幻想的生活，绝不会长成一棵真实之树。

这就是正发生在汉斯·吉本哈特身上的故事，现在，让我们随着他一道走进他幻想中的童年之邦吧。

吉本哈特家的房子离那座古老的石桥不远，在两条截然不同的街道的交叉口。第一条街道，事实上他家的房子就在这条街上，是镇上最长、最宽、最气派的一条街，叫皮革街。第二条街延伸至一处陡峭的山坡，路不长，又窄又破落，叫猎鹰街，名字源自一家老早以前的酒吧，这家酒吧已经倒闭很久了，招牌上是一只猎鹰的头像。

皮革街上住着的，都是善良正直、家境殷实的人家，有自家的住宅，教堂里有专属的座位，花园建在陡峭的台阶之上，篱笆上爬满了黄色的金雀花，一直延伸到始建于十九世纪七十年代的铁路用地边上。就繁华和体面而言，能跟皮革街相媲美的，也就只有小镇广场了，那里坐落着教堂、法院、镇政府、政务厅和牧师住宅，那真叫一个威严，给这个小镇披上了一层高贵的外衣，让人错以为是个城市呢。而皮革街虽然没有这些官方建筑，但也都住着新老中产家庭，家家户户的大门引人侧目，房屋是那种老式的半木制建筑，屋顶装扮得十分鲜艳。整条街散发着一种很亲和的氛围，光线很好，主要原因是可能只建有一排房子。街的另一边是块空地，只有成堆的木材，码成了一堵墙，墙外就是流淌的小河。

如果说皮革街又长又宽，空旷而又体面，猎鹰街则恰恰相反。这边的房子灰暗、破旧，斑驳的墙面坑坑洼洼，屋顶向前倾着，窗户和门满目疮痍，打着补丁，烟囱歪歪扭扭，落水管也是千疮百孔。房屋之间相邻得很近，遮住了彼此的光线，小巷狭窄而曲折，笼罩在一种永恒的阴暗中，每逢雷雨或一到黄昏，就会变得漆黑一片。窗外的绳子和杆子上，总是挂满了洗过的衣物。虽然这条街又小又破，却有不少户人家住在这，还有那些分租客和临时在那过夜的人。这些破落不堪、年代久远的房子里，每一个角落、每一处裂缝都被人占用了。整条街人满为患，鱼龙混杂，又脏又破，疾病肆虐。要是流行性伤寒爆发了，那肯定是从这开始的；如果发生了命案，那现场肯定是在这；如果小镇有人东西被盗了，人们也会第一时间来猎鹰街搜寻。小摊贩们也借宿在这里，例如豪特豪德，一个保养银器的，看起来很怪，还有亚当·希特尔，一个磨剪子的，这个人被指控犯下了你能想得到的所有罪行。

刚上学那几年，汉斯经常去猎鹰街。跟一帮黄头发、脏兮兮的坏小子一起，他听过臭名昭著的洛特·弗洛米勒讲述各种凶杀故事。洛特跟一个小旅店老板离婚后，坐了五年牢。年轻的时候，她可是有名的美人儿，在工厂的工人之间，有着不计其数的情人，闹出过许多的丑闻，引发了不少的械斗。如今，工厂关闭了，她一个人生活，每天晚上煮煮咖啡，讲讲故事。她家的门总是开着的，除了一些小媳妇和年轻的工人外，附近的孩子们也簇拥在门口，听得是既激动又恐惧。黑漆漆的石头灶台上，水壶里的水烧开了，旁边点着一支牛油蜡烛，闪烁的烛光在煤球蓝色火焰的映照下，更增添了一份刺激的气氛。煤火和烛光一起点亮了人头攒动的屋子，在墙上和屋顶上照出了巨大的人影，给屋子平添了一丝鬼魅的色彩。

汉斯在八岁那年，就结识了芬肯贝恩兄弟，然后不顾父亲的严令禁止，跟他们做了将近一年的朋友。多弗·芬肯贝恩和埃米尔·芬肯贝恩是整个镇子最机灵的街头少年。他们偷摘樱桃和苹果，无视森林法，在这方面可出名了，另外，在各种诡计和恶搞方面，他们也是行家里手。暗地里，他们掏鸟蛋，制铅弹，逮年幼的乌鸦、八哥和兔子，不顾镇上的禁令，把装有鱼饵的鱼线留在河里过夜。他们把镇上每一家的花园当成自个家，因为篱笆都不太尖，墙上也没扎满碎玻璃，翻过去对他们来说是小菜一碟。

汉斯还有一个更亲密的朋友，叫赫尔曼·雷切恩艾尔，也住在猎鹰街。他是个孤儿，体弱多病，早熟而另类。他的两条腿不一样长，只能拄着根拐棍一瘸一拐地走路，那些街头游戏都参加不了。他身材瘦小，脸色惨白，一副病恹恹的样子，但说起话来却十分刻薄，下巴也尖得怕人。他是一个狂热的钓鱼高手，关于这份酷爱，他跟汉斯交流过。汉斯当时并没有钓鱼许可证，不过这并不算什么，他们会偷偷地去偏僻的地界儿。如果说捕猎是一种娱乐的话，那么偷猎，在每个人的心里，就是一种至高的喜悦。瘸腿的雷切恩艾尔教汉斯如何选鱼竿，搓马鬃线，给鱼线染色，打活结和磨鱼钩。他教他如何预测天气，观察水域，用泥块将水弄浑，用合适的鱼饵系在钩子上；他还教他辨别各种不同的鱼，聆听鱼的动静，把鱼线放到合适的深度。通过无声的示范，他告诉汉斯拿捏鱼线收放的微妙时机。他毫不掩饰自己对从商店买来的鱼竿、鱼浮、透明鱼线和其他一切加工过的渔具的不屑，他告诉汉斯，不自己亲自制作所有的渔具，根本算不上真正的钓鱼。

在一次激烈的争吵后，汉斯和芬肯贝恩兄弟分道扬镳了。而他跟沉默的瘸子雷切恩艾尔的友谊，结束的理由则完全不一样。二月的一天，他的朋友蜷缩进他那张小破床，在把拐棍放到椅子上的衣服上之后，很快就静悄悄地死掉了；猎鹰街很快就忘了曾有过这样的一个人，只有汉斯在很长一段时间里，还经常想起他。

这次死亡事件对猎鹰街没有丝毫的影响，住在这条街的怪人多了去了。比如那个无人不知的罗特勒，以前是个邮差，因为酗酒被开除了，现在几乎每周都会睡在排水沟里，制造了无尽的骚乱，但在其他时候，却又如孩子般温柔，看上去那么的慈眉善目。他曾让汉斯吸了口他的鼻烟壶，也接受过汉斯给他的鱼，用黄油炸好，并邀请汉斯共进午餐。有两样东西是他的心头肉，一样是被他喂得饱饱的秃鹰，有着玻璃球般的眼睛；另一样是个古老的音乐盒，可以放一些以前的舞曲，声音虽然单薄，但还比较动听。还有那个无人不晓的波西，一个年迈无用的技工，就算光脚出门的时候，也会系条领带。他的父亲是一所农村学校的一位严格的教师，所以他从小就能把半本《圣经》记得滚瓜烂熟，说起格言和警句来，也是如数家珍。但无论有多么爱说教，还有那一头白发，都不能阻止他跟所有的姑娘们调情，喝个酩酊大醉。在头脑清醒、感觉不错的时候，他会坐在吉本哈特家外的路边，以尊称跟每一个人打招呼，然后就滔滔不绝地说起谚语来。

“汉斯·吉本哈特，我的好孩子，请仔细聆听我要跟你说的话！《德训篇》里是怎么说的来着？‘如果你不口出恶言，如果你良心无愧疚，主必会赐福与你。一棵大树绿叶葱葱，有的凋落，有的成长；人类繁衍亦是如此，有的死去，有的降生。’喂，请你马上离开，你这个老混蛋。”

尽管满嘴都是《圣经》里的语句，老波西却也知道许多关于鬼魂之类的恐怖传说。他熟知许多闹鬼的地方，在讲鬼故事的时候，自己也是将信将疑，摇摆不定。一般来说，一开始讲的时候，他的语气是不确定的，夸大其词的，似乎在取笑这个故事，又似乎在捉弄听故事的人。但随着故事的深入，他开始焦虑地弓起背，声音压得越来越低；到最后，只能听见持续、诡异的耳语声。

这条多灾多难的小街啊，究竟有多少光怪陆离、引人入胜的荒唐事儿！钳工布兰德利生意下滑，后来他那乱糟糟的店铺关门大吉后，就一直住在猎鹰街。每天他有半天的时间都坐在狭小的窗口，阴森森地凝视着外面热闹的小巷；偶尔，附近有个脏兮兮的小孩落在他的手里，他会带着一种恶毒的快感进行虐待，拽耳朵、扯头发、掐身子，直到全身都变得青一块紫一块的。但是，有一天，有人发现他用一截锌线在自家楼梯的栏杆上吊死了，死相极其恐怖，都没人敢靠近。直到后来老波西，这位技工，用一把铁剪刀从后面将锌线剪断了，然后只见舌头伸得老长的尸体头朝下、脚朝上从楼梯上滚下来，摔进惊恐万分的旁观的人群中。

每次，汉斯从明亮、宽阔的皮革街走进阴暗、潮湿的猎鹰街，总能嗅出空气中有种说不出的熏人气息，给人一种十分可怕的压抑感，夹杂着好奇、恐惧、罪恶和对冒险的迫切期待。猎鹰街是唯一一个地方，可以有童话、奇迹或任何一种不可说的恐怖行为，在这里，魔术和魔鬼是可信的，甚至有可能马上就会发生；在这里，你会觉得心惊胆战，那种备受煎熬的愉悦，跟你读萨迦历险记时的感觉并无二样，又好比你在读那本低俗的民间故事一样，生怕老师会没收，却又沉迷于书中对种种恶行的详细描写，还有对恶棍的惩罚，比如说开膛手杰克，还有类似的邪恶英雄、罪犯和冒险家。

除了猎鹰街，还有一个地方你可以经历和听说不同寻常的事情，迷失在黑暗的阁楼和奇怪的房间里。那就是附近的皮革厂，一栋巨大的古老建筑，昏暗的阁楼里挂着动物皮，地窖有隐藏的隔板和禁止进入的隧道，也是在这里，一到晚上，丽丝会跟所有的孩子们讲她的那些神奇故事。皮革厂发生的事情要友善得多、平和得多，跟猎鹰街相比更有人性，但神秘感却丝毫不落下风。制革工在各种洞里、地窖里、院子里还有泥地上干的活看上去好奇怪，让人很难理解。一个个巨大的房间静悄悄的，有种紧张的氛围，好像有什么不祥的事情要发生一样；身材威猛、脾气暴躁的大师傅像个食人魔，大家都怕他，躲着他，而丽丝在这栋大房子里四处走动，像一位仙女，是孩子、鸟儿、猫和小狗的保护神和母亲，是善良、童话和赞歌的化身。

现在，汉斯的思绪和梦境来到了这个世界，这么长时间以来，他一直是个陌生人。他是如此的失落和绝望，想回到不那么糟糕的过去来寻求庇护。那时候，他的生活充满了希望，眼前的世界好比一片浩瀚的魔法森林，布满了可怕的危险，施了咒语的宝藏还有牢不可破的翠绿城堡。他走进了这片原野，才走了一点点而已，还没发现任何奇迹呢，就觉得疲倦了。如今，他又一次地站在了这个昏暗的神秘入口，像一个麻木不仁的流亡者。

汉斯有几次又回到了猎鹰街，那里还是熟悉的阴暗，空气中那卑劣的气息，破烂不堪的角落和暗无天日的楼梯井。花白头发的男人和女人依旧坐在门口，脏兮兮、黄头发的孩子们四处乱窜，喊叫着。波西这位技工看上去要更老了，没认出来汉斯，对汉斯怯懦的问候回以讥讽的咯咯声。格罗斯约翰，绰号“加里波第”，已经死了，还有洛特·弗洛米勒，也死了。罗特勒，这位邮差，还活着。他向汉斯抱怨说，男孩子们把他的音乐盒给毁了，把鼻烟壶递给汉斯抽，希望汉斯能施舍点零钱；最后他提到了芬肯贝恩兄弟——一个在烟厂上班，现在跟他老头子一样酗酒成性；另一个则在卷入了在教堂义卖中的一场械斗后，逃走了，已经有一年杳无音讯了。听到这些，汉斯脸上露出了遗憾的表情。

一天晚上，汉斯走去了皮革厂。好像有什么东西，穿过大门，穿过潮湿的院子，在呼唤着他，好像他的童年，以及所有消失的欢乐，都藏在了这栋巨大的古老建筑里。

踏上凹凸不平的台阶，穿过铺着鹅卵石的院子，他来到漆黑的楼梯口，一路摸索着来到了泥土院子，动物的皮毛就在这里被撑开晾干：刺鼻的皮革味道一下子唤醒了他对往日的所有回忆。他又摸索着下了楼，看了看后院，那里是制革间，有高高、尖顶的模具，给皮革上色。丽丝坐在墙边的那张凳子上，面前放着满满一篮子土豆，还有几个小孩围着她，听她讲故事。

汉斯站在漆黑的门口，朝着她的方向竖起了耳朵。昏暗的制革间里安详而静谧。除了墙外流淌的河水发出的舒缓哗哗声，就只有丽丝手中的刀削土豆的丝丝声，还有她讲故事的声音。孩子们或坐或蹲，非常安静，一动也不动。她正在讲圣·克里斯托弗的故事，在夜里，在小河的另一边，有个孩子的声音呼喊着这个名字。

汉斯听了一会儿。然后他慢慢地转头，走过庭院，回家了。毕竟，他再也不能变成一个小孩，坐在丽丝身边了。于是，从那天起，他既不去猎鹰街，也不去皮革厂了。

第六章

秋天已经初见端倪了：为数不多的几棵山毛榉和桦树，叶子已经变成了黄色和红色，在黑色的云杉林中显得十分的醒目。峡谷笼罩在雾霭中的时间更长了，每天早晨，河面上亦是雾气腾腾的景象。

汉斯，这个曾经的神学院学生，仍然每天在乡野间漫步。他百无聊赖，郁郁寡欢，生怕碰见了什么人。医生开了些滴剂和鱼肝油，建议多吃鸡蛋，洗冷水澡。

毫无疑问，这些压根就不起作用。每一个健康的人，一要有生活的目标，二要生活得满意；这两点年轻的吉本哈特都失去了。现在，他的父亲已经认定，汉斯只能做个文员，或者跟个手艺人当个学徒啥的。但目前，这个男孩还很虚弱，需要再变强壮点。即便如此，留给他的时间也已经不多了。

当初的无所适从逐渐消退了，也不再想着自杀了，汉斯从突如其来的强烈恐惧慢慢地过渡为单纯的抑郁，感觉就像陷入了一块沼泽，慢慢地、绝望地往下沉。

现在，他漫步在秋日的田野，深受这个季节的影响。树叶无声地落下，清晨浓雾中，草地在枯萎，跟所有生病的人一样，目睹所有草木都在死去，汉斯不由地更加忧伤和绝望。他感到一种欲望，想要沉沦、入眠、死去并且承受莫大的痛苦，因为他的青春如同一潭死水，只是倔强地苟延残喘。

他看着树木变黄、变褐、变光秃；森林和果园笼罩在一片乳白色的雾霭中，所有的生命都消失殆尽，最后的水果也被摘下，没人会在意那正在枯萎的绚丽翠菊。他看着树叶散落在河面上，已经看不到人钓鱼或游泳了，冰冷的河边只见那些制革工的身影。

在刚刚过去的几天里，大量的苹果残渣浮在河面上顺流而下。大家都忙着酿制苹果酒，整个小镇都弥漫着发酵的果汁芳香。

在最下游的磨坊里，鞋匠弗莱格租了一个小型压汁机，邀请汉斯跟他一道酿制苹果酒。

磨坊前面的院子摆满了苹果压汁机，有大的，有小的，边上是装满苹果的手推车、篮子和麻袋，以及各种盆、缸和桶，褐色的果肉堆得像一座座小山，还有木杠杆、独轮车和空的手推车。压汁机卖力地工作着，嘎吱嘎吱，一会儿像在引吭高歌，一会儿又似在低声哀泣。压汁机大多被漆成了绿色，这抹绿，加上黄色的果肉、篮子里水果的颜色、淡绿的小河、光着脚的孩子们和清澈的阳光，让每一个目睹此景的人都有一种欢愉、喜悦和富足之感。那嘎吱嘎吱的挤压苹果的声音，虽然有点刺耳，却能让人舌底生津。任何人路过此处，听见了这样的声音，都会禁不住要拿个苹果，咬上一口。香甜、粘稠的苹果汁从管子里流出来，浅黄色的，在阳光下闪闪发光。任何人路过此处，看见了这样的景象，都会禁不住要喝一杯，先抿上一口，然后一动不动站在那里，眼神中流露出一种贯穿全身的满足和幸福感。空气中充斥着香甜可口的苹果酒的芳香，就算离得很远，也能闻得到。

这样的芳香代表着一年中最好的时节，因为这意味着成熟和收获。在冬日快要来临之际，吸入这样的芳香，是一种何其美妙的感觉啊！它让你心怀感恩，并让你回想起诸多往日：五月温柔的细雨，夏日的瓢泼大雨，秋日清晨的露珠，春季柔弱的阳光，酷热难当的夏日下午，洁白如雪和红如玫瑰的花朵，还有收获前苹果树上挂满了红彤彤的苹果——所有的这些美好，遵循着四季的规律，顺应而生。

那段日子，对于每一个人来说，都是不同寻常的。那些屈尊亲临现场的富豪们，一只手掂量着一个甘甜多汁的苹果，数了数运来的头十个麻袋，用一个银制高脚杯品了品苹果酒，确保每一个人都听见了，他家的苹果酒绝对不掺一滴水。穷人们只带来一麻袋苹果，用玻璃杯或陶瓷碟品酒，然后会掺些水，也是一样的自豪和开心。而那些酿不起酒的人，只好从一个熟人或邻居的压汁机那里跑到另一个，每处讨得一小杯苹果酒和一个苹果，装出副专家的样子评论一番，以此证明他们也是深谙此道的。所有的孩子，不管是有钱人家的还是穷人家的，都端着小高脚杯跑来跑去，每个人的手里都还拿着一个吃了一半的苹果和一大块面包，因为根据古老而未经证实的传说，在喝新酿的苹果酒时，如果多吃面包，以后就不会得胃病。

各种呼喊声、尖叫声混杂在一起，除了孩子们制造的噪音外，这些人声汇聚成一种繁杂、亢奋而欢快的喧嚣。

“喂，汉尼斯，到这来！这儿，来喝一杯。”

“谢谢，谢啦。我已经喝了好几杯啦。”

“一英担你付了多少钱？”

“四马克。但酒是真的不赖。过来，尝一尝。”

偶尔，也会有小意外发生。一个麻袋突然裂开了，苹果一下子滚落在地上。

“天啦，我的苹果！大家帮帮我啊。”

每个人都会帮着捡散落的苹果，只有几个爱占小便宜的会浑水摸鱼。

“别往自个的兜里装啊！吃没关系，但别吃饱了还拿着啊。你看看你干的好事，伽特戴尔，你这个笨手笨脚的白痴！”

“喂，说你呢，邻居！别摆架子啊，过来，尝一口。”

“像蜂蜜一样！简直一个味。你酿了多少啊？”

“满满两桶，就这么多，但肯定不是最少的！”

“还好我们不是在仲夏时节酿酒，要不然，现在肯定都喝光啦。”

今年，照样也有几个心怀不满的老家伙在场。他们已经多少年没自己酿酒了，但每年总会不停地跟你讲，想当年，苹果那叫一个充足啊，一分钱不花都可以吃个饱。那时候，所有东西都便宜得多，而且好得多，酿酒的时候，没人想过要加糖；总之呢，现在的苹果，跟那时候树上结的，是不能相提并论的。

“那才叫丰收！我有一棵苹果树，结了有五百磅苹果，全都自己掉下来的。”

但跟这个年代一样糟糕的是，这些愤世嫉俗的老家伙品起苹果酒来，可一点都不含糊，那些牙还没掉光的，都在啮咬苹果。有一个甚至由于硬咽下太多的苹果，出现了痛苦的烧心症状。

“我跟你们讲，”他辩解道，“我过去能吃十个苹果。”他毫不掩饰地连连叹气，想起了他能一口气吃下十个大苹果，都不会烧心的岁月。

弗莱格师傅的苹果压汁机放在了这一群人的中间。他的大徒弟在一旁帮忙。他家的苹果品种引自巴登地区，酿出的苹果酒总是品质最好的。他虽不说话，但也很开心，对过来尝“一小口”的人从不阻拦。他那几个孩子似乎更开心，随着人群四处乱窜。但最开心的莫过于他的那个徒弟，虽然表面上看不出来。他来自北边森林里的一个贫苦农户家，能够待在户外，干活出一身汗，是一件令他很开心的事；香甜可口的苹果酒也很不错。他咧着嘴在笑，健康农村小子的脸上像戴着森林之神的面具；那双制鞋的手也要比周日更干净。

刚到达这里时，汉斯·吉本哈特默不做声，还有点害怕；来这里他其实是不乐意的。但旋即，在经过第一个压汁机时，有人给了他一杯酒喝，而这个人偏偏还是纳什奥德家的丽丝。他抿了一口，香甜、浓烈的苹果酒顺着喉咙往下流，多少个早已逝去的秋日，那充满欢笑的回忆一下子涌上了心头，让他隐隐萌生一种渴望，想要加入嬉戏的人群，尽情地玩耍。认识他的人向他打着招呼，递上一杯苹果酒，待他到达弗莱格的压汁机时，当时的节日喜庆，加上喝了几杯，已经完全吸引住了他，并且开始起作用了。他扬了扬头，给了鞋匠一个很流行的问候，还说了几个关于苹果酒的传统笑话。弗莱格掩饰住自己的惊讶，开心地向他表达了欢迎。

半个小时后，一个穿蓝裙子的女孩走了过来，朝着弗莱格和那个徒弟露出了灿烂的笑容，然后开始帮起忙来。

“噢，对了，”鞋匠说，“这是我的侄女，家在海尔布隆。当然了，她家那都是葡萄园，所以她见得多的是另外一种丰收。”

她大概十八九岁的模样，看上去很机灵活泼，个头不高，但身材很健康、匀称。圆圆的脸蛋，红润的娇唇，一双温暖的黑色眼眸闪着快乐而灵气的光。虽然她活脱脱的就是一位健康、可爱的海尔布隆女孩，但一点都不像是虔诚鞋匠的亲戚。她看上去更像是属于这个世俗世界，那双明眸也不大像晚上会看《圣经》的那种。

汉斯突然又露出不高兴的表情，强烈地希望艾玛能快点离开。但她就是不走，在那笑啊，唱啊，唧唧喳喳说个不停，对每一个笑话都很快做出回应。汉斯感到很难为情，彻底不说话了。不管怎么说，跟一个他得以“小姐”尊称的年轻女孩打交道，太不自在了。而且这个女孩，太活泼了，话太多了，压根就不在意他或他的腼腆，于是，他就像一只被车轮碰到的蜗牛，尴尬地收起他的触角，有点不悦地缩回自己的壳里。他继续保持着沉默，试图做出一副很厌倦的样子；但他并没有成功，相反的，他的脸色看上去就好像家里死了人似的。

没人有时间注意到这些，更别提艾玛了。汉斯发现，她到弗莱格家也不过两个星期，但已经了解了整个小镇。她逢人就打招呼，不分贵贱，品尝刚酿的苹果酒，跟每个人开玩笑，大笑一阵，再回来，假装帮忙，扶起小孩，发苹果给他们吃，在她身边永远不缺笑声和欢乐。她会朝每一个经过的小孩喊：“想要苹果吗？”然后，她会选一个漂亮的红苹果，两手背身后拿着，让他们猜：“左手还是右手？”可是，男孩们永远也猜不到苹果在哪只手里，只有在他们开始大叫时，她也会给他们一个苹果，不过要小得多，而且青得多。她对汉斯似乎也很了解，问他是不是那个头一直痛的人，但还没等汉斯回答，她又跟别的什么人聊了起来。

汉斯正想着离开并回家时，弗莱格将杠杆交到了他手上。

“嗯，现在你可以干会儿活了，艾玛会帮你忙的。我得回趟店里。”

鞋匠离开了，让徒弟帮他妻子运送装了苹果酒的木桶，而汉斯和艾玛则要照看压汁机。汉斯龇牙咧嘴，用力得脸都变了形。

他正纳闷为什么杠杆这么难往下压，结果一抬头，发现女孩爽朗地大笑起来。原来她一直靠在杠杆上，而当汉斯气呼呼地想把杠杆拎起来时，她又靠了上去。

他还是一声不吭。但等他往下压杠杆，而女孩的身体却靠在杠杆的另一头时，他突然感到十分的拘谨；慢慢地，他不再试图推动杠杆了。一种甜蜜的恐惧占据了他的心。当这个少女肆无忌惮地冲着他大笑时，似乎突然像变了一个人，更像一个交情不深的朋友，现在，他的脸上也露出一丝尴尬的笑意。

这时，杠杆彻底不动了。

艾玛说：“我们别给累死了。”然后递给他半杯她刚喝过的苹果酒。

这一口苹果酒似乎比上一口要甜得多，更有劲，当他喝完后，痴痴地看着杯子，心里直犯嘀咕，为什么他的心跳得这么快，呼吸感到这么困难。

然后，他们又干了一会儿活。不知道怎么的，他发现女孩的裙子轻轻地触到了他，他的一只手碰到了女孩的手，每碰到一次，他的心似乎都由于紧张和兴奋而停止了跳动，一种幸福的虚脱感将他淹没了。

他不知道自己在说什么，但他回答了她的所有问题，她笑的时候他也笑，在她捣乱时朝她摇晃着手指，又喝干了两杯从她手中递过来的苹果酒。与此同时，往日的回忆如潮水般涌上他的脑际：跟男朋友一起站在门口的那些女仆，小说里的几句话，海尔涅给他的那个吻，还有男生之间谈及“女孩”和“你有一个心上人是什么感觉”时的那些话语、故事和隐晦的暗示。

一切都改变了。那些单独的人声、咒骂和笑声渐渐消退成微弱的噪杂背景；小河和老桥是那么的遥远，像在一幅油画中。

艾玛也变得不一样了。他再也看不清她的整个脸了——只有她那开心的黑色眼眸，她的红唇和皓白的牙齿；一只拖鞋，往上是一只黑色长筒袜，后颈处垂着一绺散开的卷发，一截圆圆的、晒黑的脖子滑进一件蓝色的连衣裙，结实的双肩，往下是隆起的胸部，还有一只粉红色的耳朵。

又过了一会儿，她故意把酒杯掉进桶里，在她弯腰去捞时，一只膝盖压在了他搭在桶边的手腕上。他也慢慢地弯下腰，脸几乎要碰到她的头发了。头发有着淡淡的香味，散开的卷发下面，是一截温暖、晒黑而美丽的脖子，消失在那件蓝色的连衣裙里，通过系得很紧的蕾丝，他偷偷地瞥了眼她的后腰。

他又直起了身，她的膝盖碰到了他的手，头发掠过了他的脸颊，他看见她的脸由于弯腰而变得通红，一阵颤动传遍了他的全身。他的脸色苍白起来，有那么一阵子，他觉得十分的疲乏，必须要紧紧抓住压汁机才能稳住身子。他的心在悸动，两个胳膊一点力气都没有，肩膀隐隐作痛。

从那一刻起，他几乎说不出话了，并躲避她的目光。可一旦她移开目光，他又盯着她，心中涌起一种陌生的欲望和负罪感。在这一个小时里，他的心底有什么东西破碎了，但同时，一个全新的世界浮现在他的脑际，虽然陌生却很迷人，远处的蓝色大海依稀可见。他感到手足无措，不知道心中的不安和甜蜜的痛苦意味着什么，也不知道哪一个更强烈，痛苦或欲望。

但是，欲望意味着他青春期的精力的胜利，情爱意识的苏醒和生命原始力量的首次宣告，而痛苦意味着清晨的宁静已被打破，他的灵魂离开了那片童年之邦，从今往后再也回不去了。他那艘不堪一击的小船，想要躲开即将来临的灾难几无可能；现在，面对新的暴风雨，航行在深不可测的未知海域，哪怕是接受过最好的启蒙教育的少年，也未必能找到一个可以信赖的引路人。他必须靠自己找到出路，成为自己的救世主。

还好，那个徒弟回来了，从他手中接过压汁机。汉斯还留在那一会儿，希望能再触碰艾玛一次，或者再听她说句好听的话，但她已经跑到别的压汁机那，跟其他人聊上了。在那个徒弟面前，汉斯觉得有点难为情，于是他连招呼都没打，就偷偷地溜走了。

每一件事情的变化都是那么的不同寻常，那么美丽和让人激动。一群靠吃苹果而长得肥硕的八哥，鼓噪地飞过天空，而天空看上去竟然那么高、那么美、那么的蓝、那么的令人向往。还有小河，第一次看上去像一面如此清澈的淡绿色镜面，咆哮的水坝也白得如此耀眼。眼前的一切，就像一幅新作的、安在一尘不染的玻璃框里的装饰画。所有的一切似乎都在等待一场盛大宴会的开始。他自己也感到了一种按捺不住的期待，一种强烈而甜蜜的躁动，但同时，他又觉得这不过是一场不可能成真的梦罢了。期待越强烈，那种患得患失的感觉就变成了一种说不出口的冲动，好像心底有股强大的力量要挣脱他的束缚，破茧而出——也许是一次抽泣，也许是一首歌、一次尖叫或一场大笑。只有在家里，他才能平静些许。因为家里，一切还是老样子。

“你到哪儿去了？”吉本哈特先生问。

“帮弗莱格酿苹果酒去了。”

“他酿了几桶？”

“嗯，两桶。”

汉斯问自己家酿酒时，可不可以邀请弗莱格家的孩子过来。

“可以的，”父亲嘀咕道，“我们下周开始酿，到时候你可以喊他们。”

离晚饭时间还有一个小时。汉斯出门来到了花园。除了两棵云杉树，几乎见不到什么绿色了。他在灌木丛中折了一根榛树条，用力地在空中挥着，用它拨弄着地上的枯树叶。太阳已经落到了山后，黑色的山脊线上，是轮廓分明的云杉树冠，与淡蓝、干燥、临近黄昏的天空融为一体。一朵浅灰色、细长的云在落日余晖的照射下，镀上了一层金边，像一艘返航的船，缓慢而悠闲地驶向山谷上空。

漫步于花园中，汉斯油然而生一种奇怪而陌生的感觉，陶醉于这成熟、绚丽的暮色中。他不时驻足，闭上双眼，试图想起艾玛的模样，她如何从他身边走过，站在压汁机旁，她如何递给他酒杯，让他喝酒，她如何朝酒桶俯下身子，然后一脸潮红地立起身。他看见了她的头发，她那蓝色紧身连衣裙里的身体，她的喉咙，她那黑色卷发下的脖子，所有的这一切让他充满渴望，颤抖不已。只有她的脸，不管他怎么努力去想，都记不起来。

太阳已经完全落山了，他仍丝毫感觉不到凉意。暮色渐浓，一切似乎都笼上了一层面纱，藏着无数个他说不出口的秘密和承诺。尽管他意识到，他已经爱上了这个来自海尔布隆的女孩，对于男女之间的情爱，他也不过一知半解，只觉得血液里有一种不熟悉的、令人疲倦的躁动。

晚饭时，怀着一种不一样的心境，坐在熟悉的环境中，他觉得有些古怪。父亲、老管家、餐桌、餐具和整个餐厅，好像突然之间变老了，他凝视这一切，感觉有些惊愕、有些疏远又有点温暖，好像他刚刚从一次漫长旅行中回到了家。

晚饭结束了，汉斯正要起身，父亲突然冒出了一句话：“你想不想当个技工，汉斯，或者一个文员？”

“啊？”汉斯一脸诧异地问。

“你可以跟着舒勒师傅当学徒，或者下下周去市政厅。你考虑下！我们明天再说。”

汉斯立起身，离开了餐厅。这个突如其来的问题让他感到困惑，不知所措。没曾想，数月以来他在荒废中度过的日常生活，突然露出了一张半诱惑、半威胁的面孔，嘴里许着承诺，又给出命令。他对成为一名技工或文员，真的是提不起一丝兴趣。前者那繁重的体力活吓到了他，这时，他想起了之前在文法学校的朋友奥古斯特，他现在已经是一名技工了，兴许可以去问问他。

他想着这件事，可渐渐地，他的思绪变得模糊起来，这件事似乎又不是那么紧急了。其他的事占据了他的脑海。他焦躁不安地在门厅来回踱着步，突然，他拿起帽子，出了门，慢慢地走上街去。他萌生了一个念头，兴许，今天还可以再见到艾玛一次。

天已经黑了。附近的一家酒馆里传来一阵阵的尖叫和嘶哑的歌声。这里那里，一家接着一家，一些窗户被点亮了，在漆黑的夜里洒着微弱的红光。一长排年轻的女孩，手挽着手，大声地笑着、说着，像一波青春洋溢、活力四射的热浪，卷过昏昏欲睡的街头，雀跃着走进小巷。汉斯看着她们离去的背影很长时间，感到一股热血涌上脑门。在一扇拉了窗帘的窗户里，传出拉小提琴的声音。一个女人在水井旁洗生菜。两个男人和他们的心上人在桥上散步。当中的一个男人，轻轻地握着心上人的手，一边前后晃荡着她的胳膊，一边抽着雪茄。第二对情侣走得更慢，彼此搂得很紧；男人紧紧地搂着女孩的腰，而女孩则将头和肩膀紧紧地靠在他的胸前。这样的场景，汉斯以前见过不下上百次，没有一次细想过。但现在却有了一种莫名的意义，一种模糊而甜蜜的刺激味道；他继续偷瞄着这两对人儿，脑子里想的却是自己马上要面对的事情了。有点害怕，又有点激动，他感觉自己离一个天大的秘密越来越近，不知道结局是喜还是悲，不过现在似乎都已经提前尝到了一点味道。

他来到了弗莱格家门前，却没有勇气敲门。一旦进去后，他要做什么，说什么？他记得十一岁的时候，他经常过来，那时候，弗莱格跟他讲《圣经》里的各种故事，不厌其烦地回答他关于地狱、撒旦和幽灵的各种问题。想起这些难堪的往事，他突然有了一种负疚感。他不知道自己现在想要干什么，甚至都不知道在渴望什么，只是觉得他似乎在面对一种神秘而忌讳的东西。在黑暗中站在鞋匠的家门口，却不进去，这样是不合适的。要是弗莱格碰巧看见了他，或者刚好要出门，甚至都不会痛骂他，只会大笑两声，这种情景是他最害怕见到的。

汉斯偷偷溜到了屋后，站在花园的篱笆处，看着亮了灯的客厅。他没看见鞋匠的身影，鞋匠的妻子在做针线活，大儿子还没睡，坐在餐桌旁看书。艾玛在屋内来回走着，很显然是在清理餐桌，他也只能断断续续地看到她的身影。周围是如此的安静，你甚至都能听得见街道尽头有人走路的脚步声，还有花园另一边河水的流淌声。夜晚的黑暗和寒冷来得如此之快。

客厅窗户的边上，是一扇小小的、没亮灯的门厅窗户。在他等了一段时间后，在这个窗户前，出现了一个模糊的身影，探出头，查看了一番。从身型来看，汉斯认出了是艾玛，一颗心马上“扑咚扑咚”跳个不停。她站在那扇窗前好一会儿，安静地朝他这边看着，但他压根不知道，她有没有认出他，甚至有没有看到他。他一动不动，只是凝视着她的方向，在期待和担心之间患得患失，不知道她有没有认出自己。

那个身影在窗前消失了，通向花园的门上的小铃铛旋即响了，艾玛走出了屋子。一开始，汉斯怕得要命，有种想逃走的冲动，但他还是留了下来，靠在篱笆上，根本就无法动弹，看着女孩在漆黑的花园里慢慢向他走来。她每走一步，他都想逃走一次，但一股更强大的力量阻止了他。

现在，艾玛就站在他的面前，离他顶多只有半步远，中间只隔了道篱笆，专注而好奇地凝视着他。就这样，他俩好长时间都没有说话。然后，她问道：

“你来干吗，汉斯？”

“没什么。”他答道，好像她喊他汉斯，都是一种疼爱。

她的一只手伸过篱笆，他羞涩而温柔地握住了它，稍微用了点力。当意识到它并没有缩回去时，他鼓起勇气，轻抚着这只温暖的手。它还是任由他握着，于是他将它贴在了自己的脸颊上。顿时，一股欲望的暖流传遍了他的全身，那种感觉很奇特，有点天旋地转。空气似乎都变得湿润、温暖起来。街道和花园似乎都消失了。他的眼中只有面前的那张光洁的脸和一缕黑发。

她的声音，那么温柔，似乎在黑暗中从遥远的地方传了过来：

“你想吻我吗？”

那张姣好的脸凑得更近了，她的身体也稍微倚过篱笆，向他靠了过来；蓬松、透着幽香的秀发触到了他的额头，闭着的眼睛和黑色的睫毛近在咫尺。一阵强烈的战栗感袭过全身，他羞怯地将自己的双唇贴上了女孩的嘴。他颤抖着，旋即缩了回来，但女孩抓住了他的头，将脸压在他的脸上，不让他的嘴离开。他感到她的嘴唇火热，用力地按在他的嘴上，似乎想要吸走他全部的生命。他突然感到好虚弱；甚至在艾玛的双唇松开他之前，他那颤抖着的欲望已经消失了，转而升起的是死一般的疲倦和痛苦。等到艾玛放开了他，他感觉摇摇欲坠，不得不抓住篱笆才能稳住身体。

“明天晚上你再过来。”艾玛说完后，迅速地溜回了屋子。她跟他在一起的时间不过五分钟，但对汉斯而言，似乎有几个小时那么长。他凝视着她离去的背影，眼神空洞，仍然紧紧地扶着篱笆，疲倦得迈不动脚步。感觉像是在梦里，他倾听着自己的血液从心底一阵阵地涌向脑门，悸动着又流回心脏，只能大口倒吸着气。

现在，他透过窗户，看见客厅里的一扇门打开了，鞋匠走了进来；可能他刚才是在鞋店里。汉斯突然害怕被他看见了，于是离开了。他走得很慢，似乎心有不甘，又好像有点浅醉。每走一步，他都感觉身体在不住地沉沦。漆黑的街道，路边沉寂的屋顶和透着微弱红光的窗户，像暗淡的舞台背景倒退着。皮革街的喷泉水声特别的响亮。感觉像在做梦一样，他打开了一扇门，穿过黑漆漆的门厅，登上一级级的楼梯，打开一扇门，走进去关上门，又打开一扇门，走进去又关上，刚好看见有张桌子，就在桌边坐了下来，过了一段时间，他才意识到自己已经回家，坐在了自己的房间。又过了好一会儿，他才决定脱衣服。他心不在焉地脱掉外衣，然后坐在窗沿上很长时间，直到秋夜的凉意惊醒了他，才上床盖上了被单。

他觉得自己能马上入睡，但刚一躺下，他的心又开始悸动起来，血液又在体内一阵阵地奔涌。一闭上眼睛，好像艾玛的双唇还粘在自己的嘴上，抽吸着他的灵魂，让他燥热不已。

直到深夜，他才迷迷糊糊地睡着了，旋即做起了一个接一个的梦来。他在无边的黑暗中，四处摸索着，然后捉住了艾玛的一只胳膊。她抱住了他，然后两人一起慢慢地下沉，掉进深不见底、温暖的洪水中。突然，鞋匠出现了，问他为什么不来看他；然后汉斯大笑起来，因为他定睛一看，那不是弗莱格，而是海尔涅，他俩肩并肩坐在毛尔布隆祈祷室的壁龛里，说着笑话。但这个画面又旋即消失了，他看见自己站在压汁机旁，艾玛压着杠杆，而自己在拼命地反抗。她从酒桶另一边倾过身子，搜寻着他的嘴唇。这时，又变得好安静，漆黑一片。现在，他又掉进了那深不见底、温暖的洪水中，头晕目眩，感觉要死了一样。与此同时，他听见校长在发表演说，但他听不清是不是跟他有关。

第二天上午，他很晚才醒来。屋外天气晴朗而明媚。他在花园里来回走了很长时间，想完全清醒，理一理自己像一团浆糊般的思绪。他看见紫色的翠菊，唯一一种仍在绽放的花朵，屹立在阳光下，让人错以为还是八月份；他看见亲切、温暖的光线，温柔而写意地铺洒在枯萎的灌木上、树枝上和光秃秃的藤蔓上，又给人一种早春的感觉。但所有的这一切，他仅仅是看见了，并没有亲身体验过，跟他似乎没什么关系。恍惚间，他想起了那时候，他养的兔子还在花园里乱蹿，他的水车和小磨坊还能转动。他想起了三年前九月的一天，那是纪念色当战役的前夕，奥古斯特过来找他，还带了些常春藤。他们把各自的旗杆洗得铮亮，将常春藤系在了旗杆尖尖的金色球头上，激动地期待着第二天的到来。其实也没什么特别的，但两人就是满怀期待，开心得不得了。安娜烤了些葡萄干蛋糕，那天晚上，山顶的一块岩石上点燃了象征色当战役的篝火。

汉斯搞不懂为什么他在这个时候想起了那个晚上，为什么那天晚上的回忆美得让他无法抗拒，为什么回忆又令他这般的痛苦。他没有意识到，他的童年再一次披上这样的盛装来与他诀别，只留给他幸福逝去、永不再回的刺痛感。他所知道的是，这些回忆与他对艾玛的思念和对昨晚的感受格格不入，有些与他童年的幸福无关的事情发生了。他觉得他可以再一次看见旗杆金色的球头在阳光下闪闪发光，再一次听见他的朋友奥古斯特的大笑，所有的这一切回想起来，是如此的令人开心而愉悦。他禁不住靠在那棵云杉粗糙的树身上，无助地抽泣起来，似乎只有这样才能带给他片刻的缓解和安慰。

快到中午了，他去找奥古斯特，这家伙现在刚刚成为高级学徒，跟汉斯上一次见到他时，胖了许多，个子也高了不少。汉斯跟他说了父亲的建议。

“这是个问题。”奥古斯特马上答道。他露出一副老练、世故的表情。“这是个问题。你看……你这身板也不算强壮。头一天你就要站在铁匠铺里，一整天挥舞着大铁锤，那个铁锤分量可不轻。然后你要整天提着重铁块，晚上还要把一切打扫干净，另外锉刀的活也不是儿戏，在你懂行之前，只能用最旧、最烂的锉刀，锉刀不会切断任何东西，但却要把东西磨得像小孩屁股一样光滑。”

汉斯瞬间就没有信心了。

“嗯，你觉得我要不要打消这个念头？”他诺诺地问道。

“呵呵！我可没这样想。别吓得尿裤子了。我只是说一开始不是闹着玩的。但其实呢，嗯，当个技工也挺好的。你得有想法，不然你就只能是个打铁的。过来，我给你看一下。”

他拿出几个工艺精良、亮闪闪的铁制小零件，给汉斯瞧。

“这些东西，你不能有半毫米的误差。除了螺丝钉，全是手工打的。眼睛要瞪大，手要稳！再抛个光，回个火，就大功告成了。”

“嗯，真的很漂亮。我要是也知道……”

奥古斯特大笑起来。

“你怕啦？嗯，当个学徒要好长时间的。没有其他的办法。但有我在，我会帮你的，要是你下周五开始的话，我刚好满两年了，周六就能第一次拿到薪水了，礼拜天我们搞点啤酒、蛋糕什么的来庆祝下。到时候，你也是，自己来感受下这里的生活。另外，我们过去可是好朋友啊。”

午餐时，汉斯跟父亲说，他想当名技工，问可否一周后去上班。

“哦，好啊。”老吉本哈特说。下午的时候，他带着汉斯去了舒勒的铁匠铺，签了学徒协议。

快到黄昏时，汉斯已经把他的新工作忘得一干二净了。他现在脑子里只想着晚上跟艾玛见面。一想到这就让他呼吸困难。时间过得太慢，但随着越来越临近，又感觉过得太快；他六神无主，手足无措，像一名遭遇急流的船夫。晚饭他仅仅喝了一杯牛奶，就匆匆离开了。

一切跟昨晚几无两样：漆黑而沉寂的街道，透着微光的窗户，远处灯塔的亮光，还有几对散步的情侣。

到了鞋匠家花园的篱笆处，他一下子变得紧张起来，一点点响动都让他心生畏惧。站在那，他感觉就像一个小偷，在黑暗中侧耳倾听。等了不到一分钟，艾玛就站在了他面前，摸了摸他的头发，打开门示意他进来。他小心翼翼地走进花园，被她拉着悄悄地穿过灌木丛间的小路，进了后门，来到了漆黑的门厅。

现在，他们在地窖的最高一级楼梯上坐了下来。黑暗中，过了一会儿他们才看清楚彼此。女孩看上去很开心，低声地说个不停。她以前跟别的男孩接过吻，对爱情还是略懂一二的；这个害羞、纯情的男生正好是她的菜。她双手捧着他的头，亲他的眼睛、他的脸颊，当落到他的嘴上时，她再一次久久地吻着，如此地热烈，男孩只觉得天旋地转，绵软无力，根本都无法反抗。她柔声笑了起来，掐了掐他的耳朵。

她不停地说着话，他听着，却一句话没听清。她轻抚着他的胳膊、他的头发、他的脖子、他的双手，她把脸贴在他的脸上，然后把头靠在他的肩膀上。他沉默不语，任由这一切发生着，内心充斥着甜蜜和深深的恐惧，只是偶尔微微地抽搐下，像得了高烧一样。

“你这是什么男朋友啊！”她笑道，“一点都不主动。”

她引导着他的手，轻抚着她的脖子，穿过她的发梢，放在了她的胸上，用力地按着。他感受到了她柔软的胸部和诱人的起伏，不由地闭上了眼睛，感觉自己像是掉进了无尽的深渊，快要昏厥过去。

“不要！不要了！”就在她打算再次亲吻他时，连忙推开了她。她笑了起来。

她又把他拉向她，紧紧地搂着他，感受到她的身体压着自己，他快要发疯了。

“你不爱我吗？”她问。

他一句话都说不出来。他想说爱，可只能点头——

不住地点头。

她又一次拿起他的手，笑着引导它伸进了自己的衣服。他感受到了另一个生命的心跳和喘息，离他这么近，这样的滚烫，他的心几乎停止了跳动，他感觉自己快要死了，大口地喘息着。他抽回了手，呻吟着说：“我现在要回家了。”

他挣扎着想站起来，却一个踉跄，差一点滚下了地窖的楼梯。

“你怎么了？”艾玛问，一脸的惊讶。

“我不知道，我觉得好累。”

他都不知道她是怎样搀着他走到花园的门口，也不记得她跟他道晚安，然后关上了花园的门。他恍惚着穿过街道，找到了回家的路，他不知道自己是怎么做到的，只觉得好像是一场暴风雨将他打得东倒西歪，又好像是深陷一场肆虐的洪水，被抛来甩去。

一路上，他看着路边灰暗的房屋、屋后的山脊、云杉的树冠，都披上了一层黑夜的面纱，天空中，有几颗静谧的星星。他感觉到有风在吹，听见了河水流过桥墩的声音，看见了花园和房屋，都披上了一层黑夜的面纱，还有远处的灯塔，倒映在水中的星星。

走到桥上的时候，他不得不坐下来休息会儿。他感到好累，觉得自己不可能走得回家。他坐在桥栏上，听着河水冲刷桥墩的声音，咆哮着流过拦河坝，在水闸处倾泻而下。他的双手冰凉，呼吸断断续续，血液冲进脑门，又涌回心脏，只觉得头晕目眩。终于，他回家了，进了房间，躺倒在床上，马上就睡着了，不停地做着梦，梦见自己在无边的空间里从一个深渊掉入另一个深渊。快到午夜时，他醒了，感到十分虚弱，心痛不已。似睡非醒之间，他就这样躺着一直到破晓时分，内心充满了无法遏制的渴望，像是有股难以驾驭的力量在恣意地戏弄他，直至所有的痛苦和压抑突然爆发，让他久久哭泣不能自已。最后，在泪水浸透的枕头上，他再一次睡着了。

第七章

吉本哈特先生精心张罗着自家的酿酒之事，搞得煞是隆重，动静很大；汉斯打着下手，弗莱格家的两个孩子也接受了邀请。他们帮着分拣苹果，共用一个小玻璃杯来尝苹果酒，各自的手里都抓着一大块面包。但是，艾玛没有过来。

直到父亲跟着制桶工人一起离开了半个小时后，汉斯才敢开口问她的下落。

“艾玛呢？她不想来吗？”

孩子们好不容易咽下了苹果，清了清嗓子。

“她走了，已经走了。”他们点头说道。

“走了？去哪了？”

“回家了。”

“坐火车的吗？”

孩子们忙不迭地点头。

“什么时候?”

“今天早上。”

孩子们又伸手去拿苹果。

汉斯在压汁机旁四处瞎摸着，呆呆地盯着苹果酒桶，半晌才醒悟过来，发生了什么事。

父亲回来后，他们一边干活，一边大笑，最后，孩子们说声谢谢后，跑开了。黄昏时分，每个人都回家了。

晚饭后，汉斯一个人坐在房间里。十点了，然后是十一点，他就这样坐在黑暗中，连灯都没有点。然后，他陷入漫长的沉睡之中。

第二天，他醒得比平常要迟，一开始，只是隐约觉得发生了什么意外，然后，他想起了艾玛。她已经走了，没有说再见，没有留便条。最后的那个晚上他见她时，她肯定已经知道了她会什么时候离开。他记得她的笑声，她的亲吻，她那娴熟的示爱手段。她压根就没把他当回事。

于是，这种痛苦和怒火，还有他那被点燃却未获满足的激情汇聚成一种纯粹的、苦不堪言的迷茫。这样的折磨如影随形，跟着他从屋子到花园，从花园到街上，从街上到森林，最后又伴着他回到家中。

就这样，他发现——也许有点言之过早——他的爱之初体验几无幸福，只有怨恨：多少个白天，那种无望的悔恨、心酸的回忆和极度沮丧的压抑；多少个夜晚，那种砰砰乱跳、无法喘息的感觉，让他无法入眠，或者遭受噩梦的折磨；在梦里，不可理喻的焦躁化成各种挥之不去的画面，有死人般的、勒得他快要窒息的胳膊，有怒目圆睁的怪诞巨妖，有让人头晕目眩的悬崖，有巨大的喷火眼睛；惊醒后，他发现自己一个人在房间里，只有寒冷的秋夜为伴。汉斯痛苦地渴望着他的女孩，只能将头埋在满是泪痕的枕头里，忍不住地呻吟。

离他即将开始学徒生涯的那个周五越来越近了。父亲给他买了一套蓝色工装和一顶蓝色羊毛帽子。他试穿了下，感觉十分的滑稽。只要经过校舍、校长或数学老师家、弗莱格的鞋匠铺或者牧师的住所，他就觉得十分的悲伤。付出了那么多的努力，曾经有的那么多的骄傲、野心、希望和梦想——到头来是一场空。唯一的收获是，迟于任何一位以前的同学，在所有人的嘲讽下，如今，他可以在一家铁匠铺里当一名初级学徒了。

海尔涅要是知道了，不知道会作何评价？

他花了好长时间才说服自己接受了这套蓝色工装，最终，他甚至有点期待他被接纳的那个周五了。至少，他可以再次体验点新的生活了！

但是，这样的期待不过是灰暗天空中的一丝微光。他忘不了女孩的离去，潜意识里似乎更不想忘记那些日子里的焦虑。内心没有片刻的宁静，有一种声音在喧嚣着，要为被唤醒的欲望寻求慰藉。就这样，日子在压抑中缓慢地度过。

秋天比任何时候都要美丽——柔和的阳光，银白色的清晨，绚丽明亮的正午，清澈的夜晚。较远处的山峰呈现出一片祥和的深蓝色，栗子树满身金黄，野生的葡萄藤将墙壁和篱笆装扮成紫色。

汉斯终日神情恍惚，焦躁不安。白天他在镇上和郊外闲逛，刻意地避开人，以防他们察觉自己失恋的憔悴。但在晚上，他走上街头，朝着每一个少女挤眉弄眼，做贼心虚地跟在每一对情侣的身后。生活的魅力以及他曾寻求的一切似乎都是为了接近艾玛，但即便跟她在一起，他也不是主宰者。如果现在她在身旁，他相信，他不会再怯懦了；不，他会撕开她所有的秘密，强行闯进让他吃了闭门羹的爱情花园。这种阴暗而危险的念头交织在他的脑际，早已挥之不去：感到迷茫和沮丧。他宁愿固执地折磨自己，也不愿意走出这个禁闭的魔咒，接受除此之外的那些简单而友善的世界。

最终，当那个他不想面对的周五来临时，他反而有了一丝喜悦。早上没有片刻的耽搁，他穿上了那套崭新的蓝色工装，戴上帽子，沿着皮革街，有点胆怯地走向舒勒师傅的铁匠铺。路上，几个熟人好奇地看着他，其中一个甚至问道："哟，你成了一个钳工啦？"

铺子里已经回荡着打铁的喧嚣声。师傅亲自在锻造。铁毡上有一块通红的铁，一个熟练工正在挥舞着大铁锤，而师傅只负责更精细地捶打，一手持着固定铁块的钳子，一手挥着轻得多的锻锤，那叮叮当当、富有节奏的敲打声穿过开着的店门，在清晨是那么的清晰而响亮。

在狭长、漆黑、满是润滑油和铁锉屑的工作台旁，站着另一个高级熟练工和奥古斯特，都在各自的台钳前忙着。沿着天花板，是一排隆隆作响、快速转动的皮带，带动着车床、砂轮、风箱和钻机——全部都是水力驱动。汉斯进来时，奥古斯特向他点点头，示意他在门边站着，等师傅忙完手头的活。

汉斯腼腆地注视着熔铁炉、车床、嗡嗡作响的皮带和齿轮。师傅锻造完那块铁器后，走了过来，伸出了他那温暖、满是老茧的手。"你把帽子挂在那，"他指了指墙上的一个空钉子。"现在过来，这是你的位置，这是你的台钳。”他领着汉斯来到了最靠里的一个台钳前，演示了下如何操作台钳，怎样保持工作台和工具的整洁。

“你父亲已经跟我讲了，你没什么力气，我想他是对的。嗯，在你变强壮前，你不用在锻造台干活。”

他把手伸到工作台的下面，掏出一个铸铁制的钝齿轮。

“你先干这个吧。这个齿轮还很粗糙，还没铸造好，基本上没有凸齿和齿廓。这些地方都要锉掉，不然好工具都会被搞坏的。”

他把齿轮按在台钳上锁紧，拿起一把旧锉刀，给汉斯演示怎么用。

“好了，现在你来干吧。千万不要用我的任何其他锉刀！你就用这个，一直干到午餐的休息时间。然后你拿给我看。干活时，不要想着其他的，只要记住我跟你讲的。学徒是不需要有自己的想法的。”

汉斯开始锉起来。

“停下！”师傅厉声呵斥道，“不是这样的。你要左手放在锉刀上头。难道你是左撇子吗？”

“不是。”

“嗯，好吧。这样应该就可以了。”

他回到了离门最近的自己的台钳前，而汉斯则卖力地干起来。

他先锉了几下，有点惊讶这个齿廓并不硬，很容易就锉掉了。然后他才发现，只是最上面的涂层掉落了，他要锉掉的粒状铁还在下面。他定下神来，继续锉。自打儿时的爱好起，他还没体验过目睹一件实在而有用的东西在他的手里成形呢。

“不要太快！”嘈杂声中又传来师傅的大吼，“你要有节奏地锉：一二，一二，把手按在上面，不然会把锉刀弄坏的。”

年纪最大的熟练工去到了车床那，汉斯忍不住偷偷地瞥向他。一个钻头被按在了卡盘里，皮带转动着，闪闪发光的钻头嗡嗡地叫着，那个熟练工将一块细如发丝的钢片切了开来。

铺子里到处都是各样的工具，铁块、钢片和铜块，完成了一半的制品，发亮的小齿轮，凿子、钻、钻头和各种形状和型号的锥子；熔铁炉边上，挂着许多锤子、铁毡、铁钳和烙铁。沿着墙角一溜儿放着成排的锉刀和切割刀；架子上摆着油布、小扫帚、金刚砂锉刀、铁锯、油罐、焊接油和装着各种铁钉和螺钉的盒子。时不时地他们中就有人走到砂轮前。

汉斯很满足地看到自己的双手已经变黑了，他希望自己的工装也能变黑，因为跟其他人脏兮兮、打着补丁的工装比，自己的有点新得滑稽。

过了一阵子，外面陆陆续续有人进来，铁匠铺显得更嘈杂了。从附近服装厂过来的几个工人，拿着一些小零件，需要打磨或者维修。一个农民走进来，问他的轧布机维修得怎么样了，在得知还没修好后，当场就破口骂起来。接着，一个穿着讲究的工厂老板过来了，师傅领着他进了边上的一间屋子。

在此期间，人啊，齿轮和皮带啊，都有条不紊地工作着，这让汉斯有生以来第一次理解了劳动人民的终极之歌——工作。至少对于一个初学者而言，看到微不足道的自己和自己那微不足道的生活有幸成为更宏大的旋律的一部分，还是十分喜悦和陶醉其中的。

九点的时候，他们有十五分钟的休息，每个人领到了一块面包和一杯苹果酒。直到现在，奥古斯特才有机会问候了这个新来的学徒。他鼓励了汉斯几句，然后又兴奋地提到了即将到来的周六，到了明天，他就可以用他的第一份薪水来请他的朋友们欢聚一下。汉斯问他刚才他一直在用锉刀打磨光滑的是什么齿轮，奥古斯特告诉他那是塔楼大钟里的一个部件。就在奥古斯特正要演示这个部件是如何工作的时候，那个高级熟练工又拿起了锉刀，所有人赶紧回到了各自的位置。

十点多的时候，汉斯开始觉得好累了。膝盖和右胳膊在隐隐作痛。他不断地把体重从一条腿移到另一条腿上，偷偷地舒展着四肢，但这并没有太大效果。于是他放下锉刀，倚着台钳休息了一会儿。没有人在注意他。他倚在那休息，听着头顶上方皮带的嗡嗡声，感觉有点发晕，闭上眼睛休息了一分钟。就在那时，师傅走到了他的身后。

“哟，怎么了？已经觉得累了？”

“有点。”汉斯说。

那个熟练工笑了起来。

“你会习惯的，”师傅平静地说，“现在你过来，看我们怎么焊接。”

汉斯看得入了迷。首先，烙铁被加热，然后，需要焊接的部位倒上了氯酸锌，接着，从烙铁上滴下白色的熔铁粒，发出轻轻的嘶嘶声。

“现在你去拿块布，把这块擦干净。焊接液有腐蚀性，不能留一丁点在铁上。”

汉斯回到自己的台钳，又刮起了他的齿轮。他的胳膊酸痛，按在锉刀上的左手已经变红，开始觉得痛了。

快到中午了，那个高级熟练工收起了锉刀，去洗手了，汉斯拿着齿轮到了师傅那，后者粗略地扫了一眼。

“还行，这样就可以了。在你工作台下面的盒子里，还有一个差不多的。下午你就磨那个。”

现在，汉斯也洗了洗手，回家了。他有一个小时吃午饭的时间。

在街上，有两个曾和他一起上文法学校，现在给一个商人做文员的家伙，走在他身后，讥笑着。

“大学生技工！”他们中的一个大声说着。

他加快了步伐。他不是很确定自己是否真的开心。他喜欢这个铁匠铺，但现在又觉得好累，累得不行。

就在要进屋准备吃饭时，他发觉自己想起了艾玛。整整一上午，他都没想过她。他悄悄地走进自己的小房间，一头扎进床上，痛苦地呻吟起来。他想哭，可是哭不出眼泪。他又一次发现自己只能任由渴望摆布，毫无办法。他的头在作痛，乱成一团；他的喉咙也痛，强压着自己的抽泣。

午餐成了彻头彻尾的折磨。他要回答父亲各种各样的问题，跟他汇报工作的情况。他还得忍受一大堆的俏皮话——父亲看上去十分开心。一吃完饭，他赶紧来到花园，在阳光下做了十五分钟的白日梦。然后，该回到铁匠铺了。

上午收工前，他的双手已经有些红肿了，而现在，开始疼了起来。到了傍晚，肿得更厉害了，一握东西就疼得要命。在回家前，他还得在奥古斯特的指令下，把整个铁匠铺收拾干净。

周六的情况更糟。他的双手像着了火，肿的地方起了水泡，而师傅的心情极差，动不动就大发雷霆。奥古斯特试着安慰他，说这些红肿过几天就会消掉，等长了老茧，就再也没痛感了。但汉斯听了后，感觉愈发地悲惨，一整天都在瞥着钟，绝望地刮着齿轮。

那天晚上在收拾的时候，奥古斯特小声地告诉他，他和几个朋友打算第二天去布拉奇，好好地叙个旧，也想请汉斯一起去，明天下午两点在他住的地方会合。汉斯答应了，但其实他宁愿明天一整天躺在床上，因为他觉得太累了，身心俱疲。回到家，安娜给他的手抹了点药膏。他八点就上床了，一觉睡到大天亮。他赶紧起床，以免误了跟父亲一起去教堂。

吃午饭时，他提到了奥古斯特和他们打算下午去布拉奇的事情。父亲没说反对，甚至还给了他五十芬尼，只是要求他要回来吃晚饭。

汉斯在阳光下走在大街上，几个月以来第一次有种过礼拜天的愉悦感。街道显得更隆重，阳光更欢快，抛开工作和脏兮兮的双手，一切都是那么的喜庆。现在他理解了屠夫和面包师、制革工和铁匠，坐在屋前的椅子上晒太阳，为什么看上去是那么的享受和快乐了；他再也不会看不起他们，认为他们是卑贱的庸俗之辈了。他观察到工人们、熟练工和学徒们，在做礼拜时聚在一起，或者结对走进酒吧，将帽子略微斜向一边，穿着白衬衫和熨得笔挺的节日服装。绝大多数情况下，做同一门手艺活的会自发地待在一起：木匠跟木匠，瓦匠跟瓦匠。他们聚在一块儿，维护着各自行当的尊严。而在所有的行当中，钳工是最受敬重的，技术工则是最有身份的。大家都很欣然地遵循着这一切，虽然这里面也有一点幼稚和可笑的成分，但作为一名手艺人，这是他们的传统品质和骄傲，这种传统，即使是在今天，也是让人心生愉悦、备受推崇的，鼓舞着哪怕是地位最低下的小学徒。

年轻的技工们站在舒勒家门口的样子，是那么的平静和自豪，向路过的行人点头示意，彼此之间相互交流，让你很容易地断定，他们是一群自给自足的人，就算是在礼拜天他们找乐子的时候，也不需要外人的陪伴。

这就是汉斯现在的想法，他很高兴成为他们当中的一员。不过，他对这次计划好的远足还是有点忧虑。他很清楚，技工们都有过量饮酒的习惯，也许他们甚至还要去跳舞。汉斯不知道要如何应对这种情况，但他已经下定决心，就算冒着喝多了的风险，他也要有个男人的样子。他还没一次喝过太多的啤酒，对于抽烟，也只是可以抽完一根雪茄，而不觉得难受或者出洋相。

奥古斯特很开心地跟他打招呼。他告诉汉斯，那个高级熟练工不想过来，但另一家铁匠铺有个同行会来，所以，至少有四个人，足以喝个底朝天了。今天每个人想喝多少都可以，因为他请客。他递给汉斯一根雪茄，然后，四个人出发了，慢悠悠、自豪地穿过镇子，只是在林登普拉兹加快了步伐，好及时赶到布拉奇。

小河的水面倒映着蓝色、金色和白色。你可以感受到十月温和的阳光，透过几乎光秃秃的枫树和洋槐洒下来。天空深邃、无云，呈现着淡蓝色。这是一个纯净、安详的美好秋日，眼前的一切，在刚刚过去的夏日里曾是那么的美好，在温和的空气里，勾起了人们无忧无虑的回忆。这时候，孩子们往往忘了这是什么季节，想着他们是不是应该去摘花。这时候，老人们透过窗户或从屋前的椅子上站起来，忧郁地凝视着天空，好像在他们眼里，看见了那一年，甚至是他们漫长一生的美好回忆，正飞过清澈的蓝色天际。年轻人则情绪高涨，根据各自的才能和秉性歌颂着这样的一天：有喝酒的，有宰杀一只动物的，有唱歌的，有跳舞的，有比赛喝酒的，也有受折磨的。到处都有人在烤水果蛋糕和派，地窖里在发酵新酿的苹果酒和葡萄酒，酒吧的门外、广场的椴树下，有人在拉小提琴和手风琴，庆祝一年中最后的美好日子，似乎向全世界发出邀请，来跳舞、唱歌和做爱。

年轻人学新东西就是快。汉斯抽着雪茄，一副漫不经心的样子，自己都有点惊讶，他怎么变成这个样子了。熟练工讲述自己那些年到处旅行的经历，没有一个人对他的吹嘘提出反驳。这也算是一种规矩。即使是最谦逊的小学徒，一旦参与到了讨论之中，身边都是自己人，也没有目击者在场，肯定会冷静地给自己的旅行描述涂上一层传奇的色彩。因为取材于手艺人和学徒的生活的杰出诗歌是人们的共有财产，那些传说中的奇遇在他们每一个人身上都得以再生，并且加上了新的变化。每一个熟练工，一旦开始滔滔不绝地讲起来，都有点捣蛋鬼提尔和永恒的施特劳宾人的味道。

“啊呀，最后一次我在法兰克福，那真是一个狂野的小镇啊！我有没有告诉过你，有一个有钱人、一个大商人，真的好想娶我老板的女儿啊？但是那个女孩拒绝了他，因为她更喜欢我。她做了我的女人，我俩在一起待了四个月，要不是我跟她老头搞僵了，现在我还在那，做了他的女婿呢。”

然后，他接着说他的师傅，那个杂种，如何刁难他，那个可怜的畜生，有一次甚至敢扬手要扇他，但他一声不吭，继续挥舞着大铁锤，同时看了老头一眼，然后老头就有点退缩了，因为他怕脑袋被砸坏了，后来，那个懦夫以书信的方式解雇了他。然后他说起了在奥芬堡发生的一场激烈的街头斗殴，当时有三个钳工，他就是其中一个，跟七个工人打了起来，然后把他们全打个半死——只要你去奥芬堡，你要做的就是去问问那个“魔豆”斯科奇，他还住在那，当时就在现场。

所有的这一切，描述的语气都是很冷静、强硬的，但又很紧张和刺激，每个人听得也很专心，并且暗暗决定，哪一天在什么地方，跟别的什么人在一起的时候，也来讲讲这样的故事。所以，每一个钳工都曾一度跟师傅的女儿谈恋爱，然后在被邪恶的师傅解雇后，将七个工人揍得不省人事。有时候，这个故事是发生在巴登，有时候是在黑森或者瑞士；有时候，故事里挥舞的不是锤子，而是锉刀或者烧得通红的烙铁；有时候，受害者不是工人，而是面包师或者裁缝：但故事永远大体上差不多，你也喜欢一遍又一遍地听，因为故事古老而好听，给手艺行当带来尊严。没有一个故事是想暗示，在旅行的手艺人当中，哪怕是在今天，都是些庸俗之辈，既不会体验也不会杜撰，这两件事其实是一码事。

奥古斯特显得尤其兴奋，彻底被故事给迷住了。他不停地大笑，不断地说是的，是的，是的，已经完全把自己当成一个熟练工了，一副既陶醉又蔑视的样子，将烟圈吐到金色的空气中。故事的讲述者继续乐在其中，因为他要让人觉得，他的到来是一种善意的屈尊俯就，这点很重要，因为作为一个熟练工，坦率地说，他并不应该在一个礼拜天与学徒为伴，对于要帮助一个学徒喝光他的第一份薪水，也应该感到羞愧。

他们沿着小河已经走了很长一段路了，现在面临着一个选择，是走那条蜿蜒至山顶的上坡土路，还是那条路程缩短一半的陡峭小径。他们决定走土路，尽管更长，灰尘更大。小径适合工作日的时候走，或者那些绅士散步时走；普通人更愿意走正常的乡下大路，特别是在礼拜天——这些大路留有为人民而写的诗歌。只有农民或者来自城里的大自然爱好者愿意攀爬陡峭的小径；

要么为生计，要么为锻炼，但绝不是享受。然而在一条乡下的大路上，你可以悠闲地走着，可以聊天，不用磨坏鞋底或衣服，可以看见马车或马匹，遇到其他跟你一样悠闲的人，追上衣着得体的女孩和唱歌的人群。人们会开你的玩笑，你会大笑并巧妙地回避笑话；你可以停下来，闲聊一会儿，而且如果你没有更好的消遣，你可以追着女孩子，在她们身后大笑，如果是在晚上，你可以简单粗暴地跟你的同伴解决个人分歧。

于是，他们走上了乡下大路。熟练工脱下了外套，挂在了他拿着的一根棍子上，接着把棍子扛在了肩上；不再讲故事了，他开始快活而肆无忌惮地吹起了口哨，他一直吹着，直到一个小时后到达了布拉奇。汉斯在路上受到了些许调侃，不过无伤大雅，而且奥古斯特比他本人还要积极地挡开了这些言语上的攻击。现在，他们抵达了布拉奇。

这个村庄坐落在一片秋色点缀的果园之中，屋子是清一色的红墙，屋顶盖着银灰色的茅草，村庄后面，屹立着层林渲染的黑色山峰。

至于要去哪一家酒馆，他们没达成一致意见。安切的啤酒最好喝，但斯旺的蛋糕最好吃，而夏普·康纳的掌柜有个漂亮的女儿。最终，奥古斯特的建议占了上风，他们应该先去安切，在那喝上几杯，反正夏普·康纳也不会跑掉，奥古斯特使了个眼色补充道。没有人反对这个建议，于是他们走进村庄，经过关动物的围栏和窗户上摆着天竺葵的低矮农舍，向安切走去，远远地就看到了酒馆那金色的招牌挂在两棵小栗子树上，在阳光下闪烁着诱人的光亮。熟练工本来坚持要坐在酒馆里面，但让他失望的是，里面已经人满为患了，他们只好坐在外面的花园里。

在客人的眼中，安切是个一流的酒馆，换句话说，不是某个老农民开的，而是一家现代风格的砖砌建筑，有着数不清的窗户，摆放的不是木凳，而是椅子和各种金属的广告招牌，女招待穿的是城里的衣服，掌柜的也从来没见过卷起袖子，而是永远穿着一套时髦的棕色礼服。事实上，他已经破产了，但他把房子抵押给了他最重要的债主，一家大酿酒厂的老板，自那以后，反而显得愈发的尊贵体面。花园里有一棵洋槐树和偌大的铁丝栅栏，这个时节，栅栏上爬满了野生的葡萄藤。

“为了健康。”熟练工大声说道，举起酒杯跟其他三个碰了一下。为了展示自己的豪爽，他咕咚几下把一杯啤酒干了。

“喂，小姑娘，这杯没酒了，给我再倒一杯。”他朝女招待喊着，隔着桌子把杯子递给了她。

啤酒的味道真不错，很清爽，而且口感醇厚。汉斯非常喜欢。奥古斯特喝酒的样子像个品酒师，一边咂着舌头，一边吐着烟圈，像一台需要大修的烤炉——汉斯暗地里还挺羡慕的。

毕竟，这一切并不是什么坏事，礼拜天的时候出去放纵下，名正言顺地坐在这样的一张桌旁，跟懂得享受生活的一群人在一起。大家一起欢笑，时不时地开个自己的玩笑，感觉真好；喝完一杯后，像个男人把杯子往桌上一拍，肆无忌惮地喊道："喂，小姑娘，再来一杯！"感觉真好；左手随意地夹着雪茄，像所有人一样，将帽子推至脑后，向邻桌的一个熟人敬酒，感觉真好。

来自另一家铁匠铺的那个同行也不太拘谨了，开始讲起了他的故事。他提到在乌尔姆，有一个钳工能一口气喝下二十杯啤酒，那种上好的乌尔姆啤酒，喝完后，他会马上擦擦嘴，说道："现在，我们再来一瓶葡萄酒漱漱口！"他还知道在康斯塔特有个火夫，能接连吃下十二根大香肠，还靠这个赢了一次赌注。但第二次却又赌输了。他曾打赌说可以吃完一家小酒馆菜单上的所有食物，然后就一口气吃到了奶酪，当他咽下第三块奶酪时，把盘子推开，说道："我宁愿去死也不想再吃一口了。"

这些故事也很受欢迎。汉斯知道了在这个世界上，一定有许多这样特别能喝和能吃的人，因为每个人都听过这样的一号人物和他大快朵颐的故事。有人会说在斯图加特有这样的一个人，另一个人说是个凶汉，我则认为是在路德维希堡；这个故事里有十七个土豆，另一个故事里是十一个煎饼和一份色拉。在讲述所有这样的故事时，大家都显得很专业和严肃，每个听故事的人都感到很欣慰，原来这个世界上真的有各种各样了不起的人，让人羡慕的才能和疯狂的傻蛋。这种满足的氛围是一种古老而受人尊重的传统，在酒馆里世代流传，被年轻人所效仿，正如他们效仿喝酒，谈论政治，抽烟，结婚和死亡一样。

当喝到第三杯的时候，他们当中有个人想点些蛋糕。结果把女招待喊过来一问，被告知说没有蛋糕。他们都觉得有些恼火。奥古斯特站起来宣布，既然这个地方连蛋糕都没有，他们还不如到街上别的酒馆去。那个同行咒骂着说这家生意做得真差劲；只有熟练工想留下来——他一直在跟女招待调情，甚至在她经过的时候，还摸了下她的屁股。汉斯注意到了这个细节，再加上啤酒的作用，让他有种很奇怪的兴奋感。他很开心他们要换一家。

等结了账，他们都走上街头时，汉斯开始感受到那三杯啤酒的效果了，那是一种很愉悦的感觉，有点困乏，又有点无所顾忌。他还感觉到眼前好像蒙了一层细纱，所有的东西看上去都更遥远，几乎不像是真实的，跟做梦差不多。他不停地傻笑着，帽子戴得更歪了，觉得自己像个二流子。那个法兰克福的熟练工又开始粗犷地吹起了口哨，汉斯也试着保持节奏。

夏普·康纳酒馆里非常的安静。几个农民正在品尝新酿的酒。这里没有生啤酒，只有瓶装的，他们每人立即各要了一瓶。那个同行为了证明他有多大气，点了一大盘苹果派，足够他们所有人吃。汉斯突然感到一阵阵的饥饿，连忙吃了好几片苹果。在这家陈旧的深棕色的酒馆里，坐在靠墙的结实、宽大的长凳上，感觉光线有点暗，还比较舒适。在这样的环境下，那老式的柜台和巨大的火炉都无法看得清；在一个木板制成的大笼子里，两只夜莺在振动着翅膀。笼子里还塞着一大根长着红色浆果的树枝。

酒馆的主人在他们的桌前停留了一会儿，表达了他的欢迎。在那之后过了一阵子，他们才开始真正聊起来。汉斯喝了几大口啤酒，在想自己究竟能不能把整瓶喝干。

熟练工又继续讲在莱茵兰的啤酒节，他当熟练工的岁月和他曾经四处漂泊的生活。他们都饶有兴致地听着，就连汉斯都禁不住大笑起来。

突然，他意识到自己有点不对劲了。差不多每隔几秒钟，这个房间、桌子、酒瓶和杯子，然后他的同伴似乎融入了一层略带褐色的雾气中，只有拼命睁大眼睛才能看得清他们的轮廓。有时候，当谈话和笑声的音量提高了，他也会一起笑，说上两句，但很快又忘了自己说了什么。当他们碰杯时，他也碰，然后过了一会儿，发现自己的杯子空了。

“你这一口真不小啊，”奥古斯特说，“再来一杯？”

汉斯点着头，大笑着。

现在，熟练工开始吟唱一首歌，他们都加入了，汉斯的激情一点也不比其他人差。

这时候，酒馆里的人逐渐多了起来，掌柜的女儿出来帮女招待搭把手。她是一个身材高挑而丰满的女孩，长着健康、充满朝气的脸蛋和镇定的褐色眼睛。

当她拿来一瓶酒，放在汉斯面前时，坐在旁边的熟练工立刻毫不吝啬地夸起她来，但她没有任何反应。也许她想表明她对他没有感觉，又也许她看上了旁边这个男孩那英俊的五官，她转向了汉斯，一只手快速地撩过他的头发；然后，她回到了柜台后面。

熟练工已经在喝第三瓶啤酒了，尾随着她，仍不死心地想跟她搭上话，但还是没有得逞。这个高挑的女孩淡然地看着他，一声不吭，扭过头背对着他。他只好走了回来，将空酒瓶不停地敲着桌子，激动地大声说道：“来，兄弟们，不醉无归，碰一个。”

然后，他开始讲一个十分下流的故事。

这时候，汉斯能分辨出的只是一些隐约的喧嚣声，当他差不多喝干了他的第二瓶酒时，他发现他已经语无伦次，甚至连笑都笑不出来了。他有股冲动想要去笼子那，戏弄下小鸟，但走了几步后，他觉得头晕目眩，差一点摔倒，只好小心地折了回来。

从那一刻起，他那放纵和快乐的情绪开始淡去。当他意识到自己已经喝醉了的时候，喝酒这整件事已经失去了诱惑力。朦胧之中，他依稀看到了各种不好的事在等着他：回家的路，跟父亲之间的麻烦和第二天早上回到铁匠铺。渐渐地，他觉得头痛起来。

其他人也已经喝得差不多了。趁着还算清醒，奥古斯特决定去买单，结完账后，只找回了为数不多的几枚硬币。一边瞎扯着，一边大笑，他们走上了街头，外面明亮的暮色让他们几乎睁不开眼。汉斯几乎都不能直着走路了；他摇摇晃晃地靠在奥古斯特身上，后者拖着他往前走。

那个同行现在变得多愁善感起来，他正在唱歌："明天，我就要离开啦。"眼里闪烁着泪花。

他们本打算直接回家，但经过斯旺时，熟练工坚持在这短暂停留下。在进门处，汉斯挣脱了。

"我得回家。"他喃喃道。

"但你路都走不稳。"熟练工大笑道。

"我能，我能。我——必须——回——家。"

"好吧，至少你得跟我们喝杯杜松子酒。这会让你恢复意识，胃也不难受了。相信我。"

汉斯感觉到手里有一个杯子。他根本都拿不稳，洒了不少出来，剩下的他感觉就像一团烈火咽下了他的喉咙。一股强烈的恶心感向他袭来，他摇晃着，跌跌撞撞地走下前门的台阶，自己都不知道怎么做到了，走出了这个村庄。房屋、篱笆、花园扭曲而混乱地从眼前转过。他在一棵苹果树下的一块潮湿的草地上躺了下来。身体的那种难受至极的感觉，内心的那种极其痛苦的恐惧和一些说不清的思绪充斥在他的脑际，他才没有睡着。他觉得自己污秽不堪。他就这样回到家？他要怎样跟父亲解释？明天要怎么办？他有一种支离破碎的感觉，好像他只能就这样睡上一觉，然后在羞愧中度过余生。他的头和眼睛生疼，感觉都没有力气爬起来，继续走。

突然，之前的那种欢乐又嗖的一声回来了；他做了个鬼脸，唱了起来：

“哦，亲爱的奥古斯汀，

奥古斯汀，奥古斯汀，

哦，亲爱的奥古斯汀，

所有的一切都已成空。”

他还没唱完呢，内心最深处突然涌现出一股痛苦的洪流，带着模糊的画面和回忆，夹着耻辱和自责，几乎要将他淹没。他大声地呻吟着，趴在草地上掩面而泣。

一个小时后，天已经完全黑了，他站了起来，跌跌撞撞、极其艰难地往山下走去。

晚饭时没看到儿子，吉本哈特先生说了一大通诅咒的话。到了九点，儿子还没有回来，他拿出了藤条。这小子似乎觉得他老子已经管不了他了，啊？好，等他回家时，给他点惊喜吧！

十点了，他把前门锁上了。既然他想彻夜狂欢的话，他就应该能另外找到一张床来睡觉的！

不过，他自己也睡不着，躺在床上等了一个小时，又一个小时，心中的怒火越来越旺，等着汉斯回来推门，然后怯懦地摁响门铃。他都能想象那个场景——这个夜猫子是自找的。他可能已经喝醉了，但他会很快清醒的，哼！这个寄生虫，这个肮脏的小贼！看我不把你骨头给打断……

终于，睡意还是战胜了他和他的怒火。

就在此刻，那个饱受恐吓的男孩正缓缓漂在冰冷的河水中；再也感觉不到一丝的恶心、羞耻和痛苦了。淡蓝色的寒冷秋夜俯视着他漂浮的瘦弱身体，黑暗的河水戏弄着他的双手、头发和苍白的嘴唇。就这样漂浮着顺流而下，没有一个人看见他，除了一只在破晓前就出来觅食的水獭，谨慎地看着他的身体从边上悄无声息地滑过。没人知道他是怎么掉进河里的。也许他迷路了，在河堤一处陡峭的地方失了足；也许，他口渴了，失去了身体的平衡；也许，美丽的水景吸引了他，他弯下腰，看着水中苍白的月亮在黑夜中是那么的安宁和恬静，内心的疲乏和恐惧如同宿命一般将他平静地推进死亡的怀抱。

白天的某个时候，他的尸体被人看到了，给送回了家。吃惊的父亲不得不放下了藤条，按捺住压抑的怒火。虽然他没有流泪，也没过多地流露感情，但那天晚上，他彻夜未眠，偶尔从门缝中瞥一眼安静地平躺在干净床单上的儿子：那精致的额头、苍白而灵气的面孔仍让他看上去很特别，好像他有着不可剥夺的权利，去过一种与众不同的生活。汉斯额头和双手的皮肤已经被仔细擦拭过了，红里泛着青，像一个熟睡的英俊少年，洁白的眼睑盖住了眼睛，微张的嘴唇似乎很满足，近乎快乐。似乎，一个男孩的生命在萌芽期就被掐断了；似乎，一场壮观的宿命就这样夭折了；似乎，他的父亲，身心俱疲，独自哀伤，只能靠这样的臆想聊以慰藉。

葬礼吸引了一大批好奇的旁观者。汉斯·吉本哈特再一次成了名人。校长、老师们和牧师又一次卷入了他的命运。他们所有人都穿上了最好的礼服，戴着最庄重的高顶礼帽，走在葬礼的队伍中，在墓前停了一会儿，彼此低语着。拉丁文老师看上去尤其悲伤，牧师柔声地跟他说：

“唉，教授，他本来真的可以成为一个大人物的。这样一个有天赋的孩子，运气却这么差，真是让人惋惜啊！”

跟汉斯父亲和老安娜一起留在了坟墓边、一直哭个不停的，是鞋匠弗莱格。

“唉，这种事太难受了，吉本哈特先生，”他说，“我也挺喜欢这孩子的。”

“我真的不懂，”吉本哈特先生叹了一口气，“他这么聪明，一切都好好的，上学，考试——然后，突然就是一个接一个的不幸。”

鞋匠指了指墓地大门外正在离去的那群穿礼服的人。

“那儿，有几个体面人，”他轻声说，“他们帮着这孩子走到了今天这一步。”

“什么？”吉本哈特半信半疑、一脸惊愕地看着鞋匠，大声问道，“但是，我的天啊，怎么会呢？”

“别激动，伙计。我是指学校的老师们。”

“但是怎么会呢？你想说什么？”

“唉，没事。也许，你和我也一样，在有些方面也辜负了这孩子，你不觉得吗？”

小镇的上方，是一片宁静的蓝色天空。山谷中，小河泛着点点粼光，云杉覆盖的山峰忧郁而恬静地延伸至远方。鞋匠露出一丝苦笑，挽住了吉本哈特先生的胳膊。胳膊的主人一言不发，满脑子怪异而痛苦的念头，迈着局促、迟疑的步伐，往山下他习以为常的生活走去。